# 昭和の僕らはバカでした

〝小学46年生〟に突き刺さる！「超ノスタルジックエッセイ」

仲



ワニブックス|PLUS|新書

# はじめに

僕は漫画家です。

代表作は『しなのんちのいくる』（KADOKAWA刊）という作品で、おかげさまで好評を博しております。

漫画の主人公である「いくる」は昭和後期の小学生という設定なのですが、何を隠そうモデルは僕自身です。

少年時代の記憶や感情を思い出して漫画を描いています。

なぜ子どもの頃の思い出を漫画にしようと思ったのか——。それは、僕が小学生だったとき（昭和後期から平成初期にかけて）の記憶が、強烈で決して忘れることのできない、とても楽しいものとして残っているからです。

たとえば当時、僕が尋常《じんじょう》じゃないほどファミコンばかりやるもんだから、我が子がアホになると心配したお母さんがファミコンをどこかに隠してしまったり、大量のビックリマンシールを学校に持ち込み校内の死角でマフィア顔負けの闇取引を決行したり、スカスカにくり抜いて超軽量化したミニ四駆と一緒に滑り台を逆走したり……。

お小遣いだけじゃとても買えない高価なものを、誕生日やクリスマスといったプレゼントチャンスを計画的に使い、親を丸め込みながらなんとか手に入れたりもしました。

とにかく欲望のまま、何も考えずすべての体力を楽しいことにぶっ込みつづけましたし、あのころ僕の目に飛び込んできたカルチャーにはその価値がありました。今でも当時の〝散財〟を正しい判断だったと思っています。1ミリも後悔はありません。

そんなこんなで僕のような「あの頃を忘れられない大人」ができあがってしまったわけです。けれど僕は漫画を描いていくなかで確信しました。あの頃が楽しすぎて忘れることができなかったのは僕だけじゃないということを!

だって、読者の方からいただくコメントを見ると、「やった！　懐かしい！」とか「まったく一緒の遊びをしてました」とか、「あの頃に戻ってまた遊びまくりたい」、しまいには「俺の同級生？　同じクラスにいた？」などと、みなさんまるで地元の居酒屋で思い出話をしているかのように僕にたくさんのメッセージをくださるんです。


スマホもインターネットもなかったあの頃。

日本中の少年少女が同じ気持ちで、同じもので遊んでいたという事実。

それらの思い出を共有し、楽しんでいただけている。みなさんと同時期に子ども時代を過ごした者としてこんなにうれしいことはありません。

少し生きづらさを感じることもあるこの令和の時代に、一緒に生き抜く同志を見つけたような気分にさえさせてもらっています。


このような経験から、僕はもっともっとみなさんとあの頃の楽しさを確かめ合いたいと強く思うようになりました。

だから今回はふだん漫画を読まない方にも届けばいいなという思いで、文字のエッセイという形でみなさんに投げかけてみようと思った次第です。

まあファミコンばかりやりすぎて漢字もろくに書けない僕ですが、せっかくなので漫画とは少し違う切り口で〝あの頃の僕ら〟を掘り下げて書いたつもりですし、僕ら世代以外の方にも楽しんでもらえるように子ども時代の普遍的な感情も表現したつもりです。

あの頃の記憶がふっとよみがえるようなイラストも添えましたので、そちらもぜひお楽しみください。

みなさんの思い出とバッチリ重なるかどうかはわかりませんが、あの頃の答え合わせを一緒に楽しんでいただけたらうれしいです。

CONTENTS

# 昭和の僕らはバカでした　目次

CONTENTS

# 第2章 せいかつ

CONTENTS

# 第3章 がっこう

## 第4章 かぞく

# 第1章

# あそび

# #1

# カセットフーフー

## 僕の住んでいた地域

ではファミコンソフトのことを「カセット」と呼んでいました。

このカセットをファミコン本体にブッ刺して起動させるのですが、接触不良なのかうまく画面が映らない時がありました。その状態を「バグる」（PC用語の「バグ」がもとネタ?）と呼んでいたのです。当時は「このカセットはよくバグる」などと言いながら、ガシャガシャと乱暴にカセットを抜き差ししてセッティングしていたのですから、家庭用ゲーム機の進化に歴史を感じます。

そしてこの「バグ」を直す荒技として全国に広まったのが、みなさんもご存知「カセットフーフー」です。

カセットの端子部分に勢いよく息を吹きかけて埃《ほこり》を払い、そのまま流れるような動きでファミコン本体にブッ刺す！　これに本当に効果があったかはわかりません……。

けど大事なことだからもう一度言います。この方法が〝全国に広まった〟のです！

ネットもスマホもない時代に子どもから子どもに伝わり、最終的には誰もがファミコンで遊ぶ前に必ずやってしまうテイになっていた。全国の子どもたちのあいだで無意識のルーティンにまで定着した謎の儀式、正式な名前は知りません（あるのか?）。

## #2

# お試しゲーム

週末は家族でデパートに買い物に行くことが多かったです。

主に母さん主体の生活用品の買い出しなので僕のおもちゃを買ってもらえるとかそういう話では決してありません。

もちろん何度か果敢に試みたことはありました。しかし成功率は極めて低く、むしろそこで適当に買ってもらうと本番である誕生日やクリスマスの際に〝本当に欲しい大物〟に影響を与えかねないので、デパートではわりと大人しくしていた覚えがあります。

ただ買ってもらえないにしろ、おもちゃコーナーを覗《のぞ》く理由は大いにありました。

そもそもあの夢のような空間にいるだけで気分はいいし、次のクリスマスや誕生日に向けて新商品のチェックもできる。そして何より最大の理由として、売り場には新作ゲームのお試しプレイコーナーがあったのです！

宝石のように並べられたファミコンソフトのショーケース。その上にいまや懐かしいブラウン管タイプのどでかいテレビが設置されており、そのとき一番人気のソフトが宣伝用にプレイできました。

つまり親が買い物をしているあいだ、僕は最新ゲームを無料で遊べることになります。

母は日用品のワゴンセールでお得にお買い物、父は晩酌用のおつまみをお刺身コーナーでニヤニヤ物色、素敵な香りのシャンプーやリンスを求めて姉もすでに行方不明。そのあいだ僕は最新ゲームと洒落込《しゃれこ》むわけです。

家族がそれぞれの目的を同時に遂行する。こんな有意義な休日の過ごし方を僕はほかに知りません。

ただ、経験ある方も多いと思いますけど、このお試しゲームコーナーには同じ目的の小学生たちがわんさかいて当然順番待ちは当たり前。下手をすれば並んでる途中に家族の買い物が終わってしまい、ゲームをやらずに帰らなければ——なんてこともあり得《え》ました。

だからこそ並んでる途中みんな口に出しはしないが心で念じていたのです。

テレビ画面を睨《にら》みつけながら「頼むからミスしろ」「早くやられてくれ」ってね……。

#3

# ファミカセに名前

## 当時、一本4～5千円したファミコンのカセット。

そうそう買ってもらえるはずもなく、誕生日かクリスマスに買ってもらうのが一般家庭の常識でした。

だからこそ買ってもらえるときは吟味に吟味を重ねてカセットを選ぶ。ジャケ買いなどしてクソゲーに当たろうものなら一ヶ月は立ち直れない。

そんな僕らを嘲笑《あざわら》うかのように各社ゲームメーカーはとんでもないスピードで新作カセットをリリースしてくるから困ったものです……。

まあそれだけあの頃のファミコンは盛り上がっていたということでしょう。

当然すべてのカセットが手に入るわけでもなく、僕らは自然とカセットの貸し借りをするようになりました。

なんなら「俺がこれ買うからお前はあれ買えよ」「クリアし終わったら貸し合おう」などと貸し借り前提で購入することもあったくらい。

だから時には自分のカセットが友人たちの間をぐるぐる回り、どこにいったかわからなくなることもよくありました。

僕の「スターソルジャー」も友人→友人の兄→友人の兄の友達……などと学年を跨《また》いで又貸しされ続け、最終的にかかわりたくないヤンキーが持っていると知った時は早々に回収を諦めました……。

そんなこともあり、高価なカセットを小学生同士が貸し借りするにあたり、無くしたりしたら親も含めてのトラブルになりかねない。

だからこそ僕らはダサいのを我慢してカセットに直接ペンで自分の名前を書いていました。結果的にこの方法が一番よかったのだと思います。

# #4 ハイパーオリンピック

「ハイパーオリンピック」は当時発売されたファミコンソフト。

その名の通りオリンピックの陸上競技が題材になっていて、100メートル走とか走り幅跳びなどの記録を競うゲームです。

このソフトのことはある理由からとくに強烈に覚えています。

ハイパーショットという同梱《どうこん》のコントローラーを取り付けて遊ぶんですけど、これがとてつもなくばかデカいうえに大きなボタンがふたつ付いているだけなんです。

ボディの大きさにより床に置けば抜群の安定感を発揮し、さらに目をつぶってでも押せるような特大ボタンがどーんと鎮座している——。

この意味わかりますか?

そうです。

「子どもたちよ、存分に連射しなさい」っていうアツい作りなんです!

つまり、ボタン連射が大きなアドバンテージ要素になるゲームシステムだったんですね。

僕の地域ではこの「ハイパーオリンピック」の登場から子どもたちの連射技術が大き

く発展していくことになります。

最初はもう尋常じゃないほど指でひたすら連射して遊んでいました。

しかし、そのうちボタンを〝押す〟という概念だけでは勝てないことに気づいて、爪を高速でボタンの左右にスライドさせてガリガリと擦《こす》るように連射するようになりました。

当然、爪が割れたり流血したりする子が続出しました。

当の本人たちは平然としていましたが、テレビゲームで流血するその光景はきっと世のお母様お父様方にはさぞ恐ろしく映ったことだろうと思います。

でもね、昭和を熱く生きた僕らはただ怪我だけして終わるほどヤワじゃなかったんですよ。

かつて人類の祖先であるホモ・サピエンスが石器を使い始めたように、僕らも生身の爪でただ擦るのではなく、やがてある道具を使ってボタンを擦り始めたんです。

この「擦り連射」に適した道具は各地方でさまざまな種類があったようですが、僕の地域でもいろいろと試行錯誤がされていました。

まずはガチャガチャ（カプセルトイ）のカプセルやピンポン玉、大きめのビー玉などが試されました。

このあたりは子どもの手で握り込むのにちょうどいいサイズかつ形状も丸いのでボタンに引っ掛かることなくよく擦れました。

これで爪が割れるという惨事もなくなりましたし、爪で擦るより良いスコアが出るようになりました。

次に流行ったのが単1乾電池。重量があるため連射がとても安定しました。まあ好みはありますがわりと熟練者が好んで使っていたように思います。

こうして僕らの連射はさらなる進化を遂げていき、やがて異次元の連射方法に辿《たど》り着きます。

その使用アイテムはなんと「かな定規《じょうぎ》」！

ステンレスでできたあのおなじみの銀色の定規です。

これはもはや怪我防止の概念うんぬんの話ではなく、当時の僕らにとって完全に〝発明〟でした。

定規の端をボタンに固定。指で反対側を超速ですばやく弾《はじ》くその反動でボタンが押される仕組みです。この技はかつてのピンポン玉や電池とはくらべものにならないほどの凄《すさ》まじい連射速度を叩《たた》き出しました。

いったい誰がこのような秘技を最初に思いついたのか――。

いまでも尊敬の念を抱かざるを得ません。

全国の少年たちがスコアを競い合い、その進化を遂げた「ハイパーオリンピック」。

人生においてなんの役にも立たないと言われればそれまでなんですがね。

いや、それでもあの速度へのあくなき探求があったからこそ当時の僕らは諦めずにものごとを追求する精神を身につけられた、ことにしておいてください！

# #5 ミニ四駆の単3電池

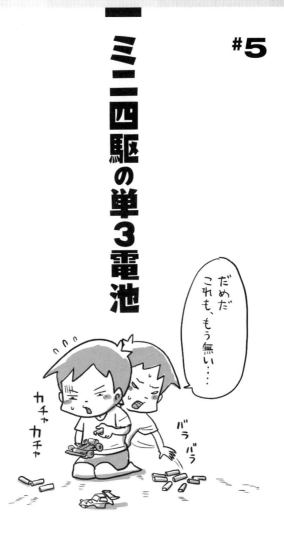

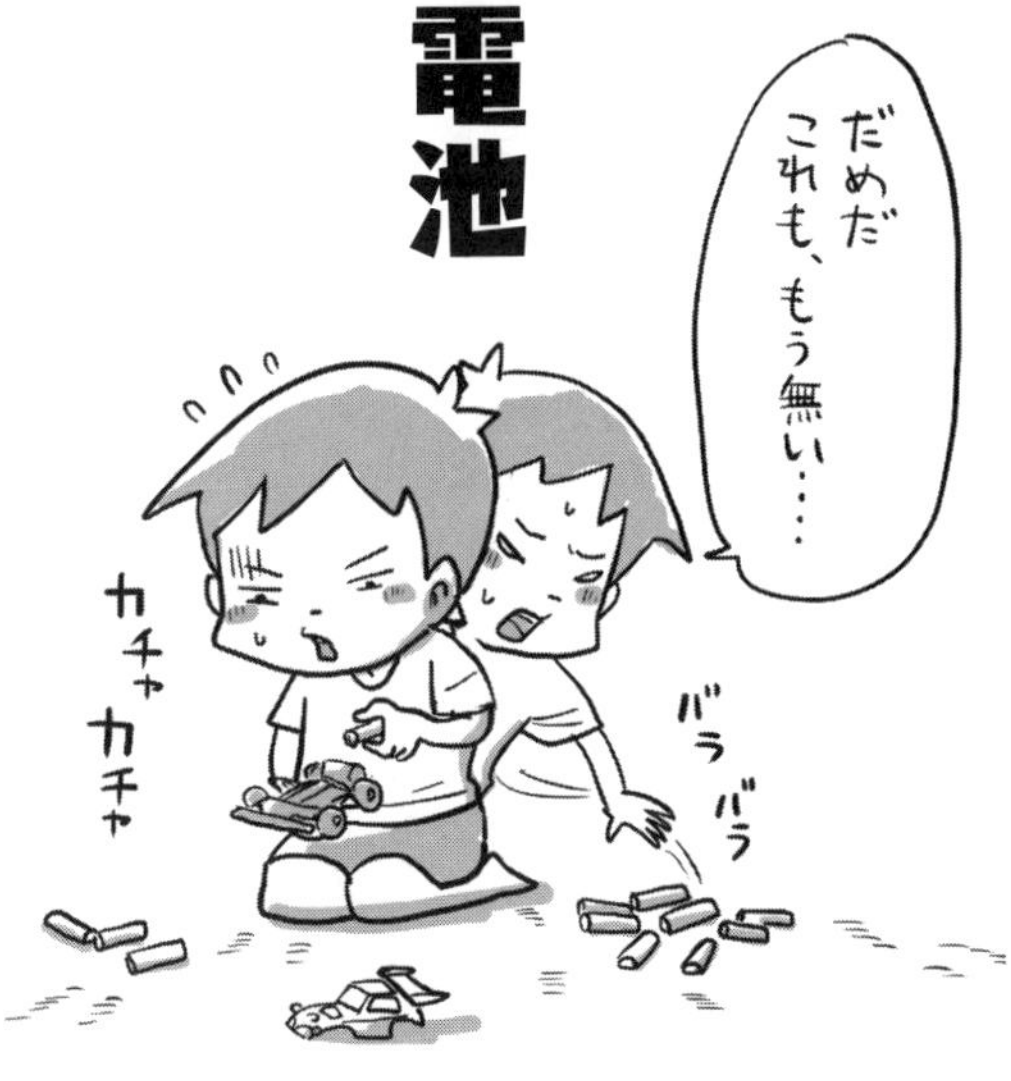
だめだ
これも、もう無い・・・
バラバラ
カチャカチャ

## 何を隠そう、

僕は初代レーサーミニ四駆世代です。

「ミニ四駆」とはタミヤが発売している小型のモーター付き自動車模型のこと。

単3乾電池わずか2本で動くとあって子どもでも手軽につくって遊べました。

発売したばかりの頃は「ホーネットJr.」「ホットショットJr.」、「ビッグウィッグJr.」「ブーメランJr.」「フォックスJr.」くらいしか種類がなくて、僕はホーネットを買いました。600円くらいでした。

まだ改造パーツはあまり出ていませんでしたが、それでも公園の砂場で走らせたり滑り台を登らせたりと、とても楽しかったです。

そんなミニ四駆ですが、まあ一日遊べば電池がなくなるんです。

単純に「買えばいい」と思うかもしれませんが、なんでしょう……

「小遣いで電池を買いたくない」

「それならもう少しお金を貯めてもう1台新しいマシンを買いたい」

——などと子ども心になぜか強く思っていたんですよね。

だから台所の引き出しにあった家族共有の電池を使っていたのですが、それもすぐに使い切ってしまいました。

こうなると当時のおバカな子どもがやる行動はたったひとつ。使い古しの単3電池を確かめだします。もしかしたら残量が少しくらい残っていて動くんじゃないかってね。

もちろん、動いたとしてもほんのわずかな走りしかしません。すぐ止まります。そうなるといよいよ最後の手段。姉ちゃんの目覚まし時計の電池に手をつけてしまいました。電池残量がほぼ残っていない古い電池とすり替えます。

ミニ四駆は目が覚めたように蘇《よみがえ》りましたが、きっと姉ちゃんは次の日の朝、目覚めなかったと思います。

# #6

# 野球盤のアレ

## 当時のお父さんたち

がプロ野球に夢中になっていた頃、僕らは「野球盤」（野球を題材としたボードゲーム）で遊んでいました。

まあ今となっては昭和のアナログな遊びなのですが、当時はそこそこ贅沢品《ぜいたくひん》だったように思います。言ってしまえばパチンコ玉くらいの大きさの玉をうまく弾いて、「ヒット」だ「アウト」だと遊ぶボードゲームなのですが、殴り合いにまで発展しかねない、ある仕掛けがありました。

ご存知「消える魔球」です。

おもちゃメーカーはフォークボールの設定で作っているのか知りませんが、球が盤の下に潜ってしまうという魔球的な仕掛けが存在するのです。もちろんぜったいに打てません。これを多用されると試合にならないばかりか、どんな仲の良い友達でも思わずぶん殴りたくなってしまうんですよね笑。

僕の地域では「一試合に10球まで」とルールを設けてなんとか〝乱闘試合〟を回避していましたが、おそらくこの魔球の使用をめぐり日本中いたるところでケンカが起きていたのではないかと推測しています。

#7

# 秘密基地

## 秘密基地

もたいていの人が一度は作ったことがあるのではないでしょうか?

もちろん僕もご多分にもれず作りまくっていました。

ここでは僕の秘密基地作りの歴史をご紹介します。

まずは、「大きめのダンボールに頭だけ突っ込んでお菓子を食べる」——これが僕の秘密基地の原点です笑。

これだけでもこっそり何かをやっている感がでて、けっこうドキドキしたんですよね。

次に押入れの布団を引っ張り出して立て籠もる「ドラえもんスタイル」を確立。

懐中電灯を持ち込み、なかで漫画も読めるようにこだわりました。

ただこれだけではもちろん家族にはバレバレ。秘密感もうすく、本物の「秘密基地」と呼べるようなものではありませんでした。

そしてさらなる試行錯誤を重ねた結果、最終的に友達と外に作ろうということになり、人目につかない河川敷の茂みに各自持てるだけのダンボールを持って集合しました。

それを木の枝とうまく組み合わせて屋根付きの基地を作り上げたのです。

完成した時はめちゃめちゃ興奮しました。

がんばればここに住めるとさえ思えたし、今度家で親に叱られたらここに家出しようと本気で考えました。

当然、お菓子や漫画もたくさん持ち込みましたし、野球道具やゲームウオッチなども持ってきました。

すでにやり込みすぎて飽きまくってるゲームであっても、秘密基地でやると気分が違ってまた楽しかったのを覚えています。

なにより一番刺激的だったのは、友達が兄ちゃんからパクってきたエッチな本をその秘密基地で見せてもらったことです。みんなで読んでいるときはなぜか必ず誰か一人がエアーガンを持って周辺を見張るという謎のシステムでした。

まあ、ここまで必死で作り上げた秘密基地も、雨であっという間に崩壊してみんなでがっかりするまでがセットなんですけどね。

それでも何回も作ってしまうくらい本当に楽しかったなあ。

# #8 キョンシーごっこ

俺だけずっとキョンシーじゃねーか
ピョオーーン
ピョオオーン
はいお前もキョンシー
ガッ
ふざけんな!! 息止めてただろーが

# 80年代後半。

テレビで「キョンシー」もののドラマや映画が多く放送されました。

キョンシーとは中国に古くから伝わる妖怪の一種。硬直した死体が動き回る、いわばゾンビのような存在です。

ドラマなどでは両手をまっすぐ水平にあげ、まっしろな顔（しかも真顔）でぴょんぴょん跳ねながら襲ってきたり、おでこにお札を貼られると動けなくなったり――。さながらもう子どもたちに真似《まね》してくださいと言わんばかりのコミカルな妖怪として登場しており、瞬く間に僕らの心をわし掴《づか》みにしたのです。

キョンシーと登場人物たちのカンフーバトルもしびれるくらいかっこよかった。

そして何よりドラマ「来来《らいらい》！キョンシーズ」のヒロイン、テンテンがべらぼうに可愛《かわい》かった……。

当時のクラスの男子はほぼみんなテンテンが好きでした。

女子にくらべると成長が遅いといわれる男子でしたが、異性にはまださほど興味がなかった僕らにあそこまではっきり「可愛くて好きだ」と言わせたテンテンは罪な女の子でした。

テンテンに憧れながら、当然のように僕らはキョンシーごっこをして遊びます。

先述したように、そもそもキョンシーとは死者が動き回るお化けのような存在なのですが、人間が息を止めているとなぜかそこにいると気がつかないという弱点がありました。

この弱点をごっこ遊びにも採用。キョンシーと人間側に分かれて遊ぶ鬼ごっこ的な遊びをしていたのです。

するとどうでしょう。

必ずと言っていいほど「息を止めていた」「止めていなかった」の言い争いが始まります。

そもそも呼吸を止めていたことなど自己申告以外に判定のしようがないですしいくらでも誤魔化せますよね……。

そして最終的に引っ掻《か》き合いのマジ喧嘩《げんか》に発展することもしばしば。

いま思えば利発なテンテンもガッカリするであろうおバカ男子たちでした……。

# #9

# 姉のおもちゃ

## 僕は姉ちゃんのおもちゃでこっそり遊ぶことがありました。

具体的には姉ちゃんのお古《ふる》の「シルバニアファミリーの家」に、僕のキン消し（キン肉マン消しゴム）のコレクションであるキン肉マンとロビンマスクを住まわせるという、いま思えばかなり型破りなおままごと遊びです。

最初は抵抗がありました。だって戦いが生業《なりわい》の超人たちがとんでもなくメルヘンな「シルバニアハウス」で仲良くご飯を食べたりするんですから笑。何かいけないことをしている気持ちになりましたし、超人たちに申し訳ない気持ちにもなりました。

でも、遊んでいるとだんだんと慣れてきてこれがまた〝悪くない〟感覚なんです。

小声でボソボソと「俺は寝るぜ！」とロビンマスクをおもちゃのベッドに寝かせたり、キン肉マンは「牛丼作るぜ！」ってキッチンに配置したり。

なんなら本家であるシルバニアファミリーのウサギやネズミのキャラクターも頻繁に登場させて僕だけのオリジナルかつカオスな空間を思い切り楽しんでいました。

この遊びは誰にも言いませんでしたし、一人の時にこっそり楽しんでいました。

そのほうがなんだかドキドキしたんですよね。

# #10 高橋名人

# 「ゲームは1日1時間」

僕らのカリスマ、高橋名人が当時そんなことを言い出しました。

高橋名人とは、ハドソンというゲームソフト開発会社に所属していたゲームが鬼のように上手い大人（社員さん）。とりわけシューティングゲームにいたっては1秒間に16発もの玉を撃つ「16連射」という、誰も真似できないスゴ技をテレビなどで披露しまくっていました。

そんなファミコンの申し子みたいなお方が、あるとき「ゲームは1日1時間」などと馬鹿げた〝法案〟を掲げだしたのです。

おいおいちょっと待ってよ！

あなたの仕事は「ファミコンをやれば勉強しなくても大丈夫！」とか「子どもの脳にいいのはファミコンです」とか、そんなアツいことを言いながらファミコンのすばらしさを大人である僕らの親に伝えることじゃないのか！（いま思えばそんなわけない）

そもそも1時間で何ができる！

「ドラクエII」なら復活の呪文を打ち込んで、スライム数匹倒して、また復活の呪文をノートにメモればあっという間に1時間だ。

これじゃあ一生クリアなんてできっこない！

せめて3時間と言い直せ！　いや6時間だ‼

そんな僕らの怒りはどこにも届かず、世の親たちは各家庭にこの1時間ルールを採用しました。

もちろん僕らも抗《あらが》ったんです。

1時間ルールなど無視して遊び続けました。

するとどうでしょう……。

親たちは僕らと交渉する前にいきなり電源アダプタ（ACアダプタ）を引っこ抜き、強制終了。ひどいときはファミコン本体を取り上げてどこかに隠してしまったのだから、高橋名人にもこの悲しい惨状を見せたかったものです。

結局、僕らは1時間ルールに従うしかなく、もっと長く遊びたいときは友人の家をハシゴして「1時間遊んではまた別の友人の家へ移動する」など、とても非効率な日々を強いられたのです。

高橋名人、なぜですか？

なぜ子どもたちのアイドルであった貴方《あなた》ほどの方があのときあんなことを言ったのですか……教えてください。

――と当時の僕が言っています。

まあそれでも僕らが高橋名人の圧倒的技術とカリスマ性に憧れ続けていたのはいうまでもありませんけどね。

# #11

# プラモデル

## 僕はプラモデル

が大好き！　とまではいかないのですが、子どもの頃はそれなりに作って遊んでいました。

小学校低学年のときに初めて買ってもらったプラモはたしかガンダムに登場するグフでした。ほんとうはガンダムが欲しかったのですが、当時はガンプラブームのためお店に在庫がなく、ガンダムはなかなか買えなかったように思います。

それでも躍動感ある箱の絵に魅せられ、父にお願いしてまずはグフを買ってもらいました。

その帰り道、できあがったプラモをどこに飾ろうかなどと考えながら、僕の気持ちははてしなく盛り上がったものです。

しかし、いざ作りはじめてみるとコレがけっこうむずかしい！

説明書もよく確認せずにせっかちに作るもんだからやっぱり組む順番を間違え、腕がつかない、足がつかない――を繰り返す有様。開いてしまったパーツのスキマを指でぎゅううううっと押し込んでつけるから握力がゼロに。そして何度もやり直していくうちにどこかの大事そうなパーツが折れてしまう……みたいなこともよくありました。

やっとの思いでそれなりに組み上げたものの、あのぜんぶが一色パーツ（グフの場合は青一色）の感じがなんだか物足りない。

当時のガンプラはガンダムであれば白一色、シャア専用ザクは赤一色で、いまみたいに最初からパーツごとに色分けなどされていませんでした。

言ってみればでっかいプラスチックの「キン消し」といったところでしょうか？

つまり、自分で塗装のやり方を覚えないとそこまでのクオリティはだせないのです。

当時の僕は箱に描いてある絵みたいな大迫力のプラモができあがるのをイメージしていて、玄関あたりにどーん！と飾ってやろうと息巻いていましたから、完成したグフをみて少しだけ寂しい気持ちになったのをおぼえています。

それでも自分で作り上げた満足感もあいまって、完成したグフをずっと眺めていたんですけどね。

# #12 ディスクシステム

## 当時ファミコン

のソフトはどれも5000円前後。
とてもじゃないけれど僕らのお小遣いで買える代物ではありませんでした。誕生日やクリスマスに親にお願いするか、あとはお年玉をもらった時になんとか1本買えるくらい。新しいタイトルが発売されてもそうそう手に入る物ではなかったのです。

そんな僕らのファミコンライフに革命が起きたのがディスクシステムの発売でした。天才集団の任天堂さんがすばらしすぎるシステムを開発してくれたのです。

どんなシステムかというと、ファミコンとディスクシステムを〝合体〟させるとディスクが使えるようになるというもの。カセットじゃなくてディスク。

まあくわしいことは僕もよくわかりませんが、このディスクがカセットよりかなり割安で1枚2500円くらいでした。

それだけでも当時の僕らにとってはすごいことなのに、おもちゃ屋さんなどの店頭に行けば、そのディスクをわずか500円でほかのゲーム内容に書き換えすることができたのです！　突然の超価格破壊です。

当時、僕のお小遣いが500円だったから、毎月新しいゲームを書き換えて遊べることになる。本当にすばらしいシステムでした。

ただこの書き換えのマシーンが店頭にあるのはある程度の大型店のみのため、電車で繁華街まで行かなければいけないという現実もありました。

そうです。当時の繁華街にはヤンキーがたくさん生息していて、おもちゃ屋などは彼らにとっての狩（カツアゲ）の絶好ポイントだったのですから、僕らもソレなりの覚悟で書き換えをしに出かけていましたね。

古典的な対策ですが、靴下の中にお札を隠して、跳んでも音が鳴らないようにしてましたよ。

※当時のヤンキーは「お金くれよ」「ないよ」「じゃあジャンプしてみろ」「（ポケットや財布の小銭が）チャリン！」「もってるじゃねーかよ！」という流れでカツアゲすることも多かった。

——などと、スマホの無料ゲームで遊びながらいまこのエッセイを書いています。

時代は変わるものですねえ。

# #13 ラジコン

## 僕のなかで

ラジコンは子どもが遊ぶオモチャの最高峰でした。
なかでもタミヤのラジコンは別格です。

何が別格かって？

かっこいいイラストが描かれた大きな箱に入ったそれは、どの店でも棚の一番上が不動の定位置で、オモチャの王様と言わんばかりの貫禄《かんろく》でしたから。

しかもふつうのラジコンは買ったら箱の中に材料がぜんぶ揃《そろ》っているもんでしょ？車体やプロポ（コントローラー）が一緒に入っていて箱から出せばすぐに遊べる、みたいな。

けどタミヤのラジコンは違いました。基本、別売りなんです。車体、プロポ、バッテリーなどすべて別売り。しかも自分で組み立てなくてはいけないんですから。

当然、値段だってほかのラジコンとはぜんぜん違いますし、ぜんぶ揃えて走らせるまでに安く見積もっても3万円以上かかったと思います。

そりゃあ低学年の頃は本格的すぎてビビっちゃいますよ。

だから僕が手に入れたのは5年生の後半くらい。

まあアホほど高価な代物なのでふつうに欲しがっても買ってもらえないのは百も承

知でした。

でもどうしても欲しかった僕は親に計画書を提出したんです。その年1年間のプレゼントイベントをすべてラジコンにぶっ込むというアツい計画書です。

つまり、6月の僕の誕生日に「車体」、12月のクリスマスに「プロポ」、1月のお年玉で「バッテリーと充電器」を買ってもらう——といった、半年かけて分散させることでようやく3万円以上のラジコン一式を揃えるという壮大な計画です。

ポイントは次の2点。
●**アホな我が子が初めて書面に計画をまとめた**
●**半年以上かかる長期計画をなし遂げようとしている**
この計画書とプレゼンが奇跡をおこし、良い経験になるかもしれないからと両親の承諾をもらいました。計画達成の1月まで、途中、欲しいファミコンソフトがいくつもあったけれど必死に我慢しました。

それだけ当時のラジコンは僕らの夢だったんですよね。

# 裏技

# #14

**ファミコン**にはいろいろなソフトがあってふつうにテレビゲームとして遊ぶのももちろん楽しいんですけど、もうひとつ別の楽しみ方があったんです。

それは「裏技《うらわざ》」文化。

あの頃、ソフトによってはあきらかにメーカーが意図的に用意したであろう「隠しコマンド」とか「隠しステージ」など、さまざまな裏技がありました。

教室でそのアツい情報を誰かが持ってくると、それはもう未知の魔法でも発見したかのような興奮を覚えて、早く試したくて仕方がなくなったのを鮮明に覚えています。

なかにはガセネタなんかもたくさんありましたね。

主に『ファミリーコンピュータMagazine』(通称：ファミマガ)という当時人気だった情報雑誌に載っていた〝ウソ技《テク》〟が発信源でした。

どうやら読者プレゼント用の企画でクイズとして掲載されていたようです。

僕がまんまとだまされたのは、ディスクシステムのソフトで名作と名高い「水晶の龍《ドラゴン》」のウソ技。ゲームに登場するヒロインと野球拳ができるというもので、それがウソだと知った時は、なにがなんでも一生懸命成功させようとしていた自分をぶっ飛ばしたくなりましたね笑。

そんな悲喜こもごもの裏技文化でしたが、本当に成功した時は大興奮で友達とかなり盛り上がりました。

あれはなんだったんでしょうか。

各メーカーのサービス精神？

今のゲームにはあまりないですよね。

裏技のなかでもいちばん有名だといっても過言ではないのが、「上上下下左右左右BA」。あるシューティングゲームで実行すると一瞬でフル装備状態になれる夢のような裏技でした。

これを知っている人は完全に僕と同世代でしょう。

# #15

# 缶蹴り必勝法

## もちろんみなさん

も当然やりましたよね。

「缶蹴り」とは、〝鬼〟の役割の人が缶（空き缶）を蹴飛ばされないように守りながら、隠れている〝子〟を見つける遊びです。

鬼は隠れている子を見つけて名前を呼び、缶を踏めば勝ち。隠れている子たちは鬼に見つかって名前を呼ばれ、缶を踏まれる前に缶を蹴れば勝ち。

とてもシンプルなルールです。

この本ではあえてこの缶蹴りを大真面目に語らせていただきます。

隠れている子は当然、隙をみて缶を蹴飛ばしたいのですがなかなか鬼が缶から離れようとしない――。

缶蹴りあるあるですね。

そんなリスクを取らない保守的な奴《やつ》が鬼になると、かなりの時間、硬直状態におちいります。夕方までそのまま我慢くらべなんてこともあり、結局盛り上がらずじまいで解散なんてことも……。

こうした状況になった場合、当時の僕らには打開策がふたつほどありました。

まずひとつは奇襲作戦。強引に突っ込む方法です。

当然、ふつうに突っ込んでいっても即座に名前を呼ばれ、缶を踏まれて終わりです。

なので最低でも3人以上は同時に突っ込みます。

すると鬼は突然のできごとにすぐさま対応できず、名前を呼び上げるにも3人も同時に言わなくちゃいけない。ほぼ防御不可能です。

そしてもうひとつは仮に子が3人も残っていない場合の打開策。

ふたりいれば実行可能な作戦です。

まず、それぞれ着ている服を交換します。帽子なんかもあれば最高です。

で、ふたりで別の方向から一気に缶をめがけて突っ込む——。

すると鬼は服でその子の名前を判断し、名前を呼び間違える。

その間に華麗に缶を蹴飛ばすのです!

この荒技、外でパンツ一丁になってこそ着替えるのは少し恥ずかしいですが、初見ならほぼ100%の成功率を叩き出します。

ぜひ試していただき、その圧倒的成功率と勝利の快感を体感してもらいたいものです。

ただこのふたつの秘技、あまりやりすぎると鬼がいじけて帰りますのでほどほどに使用してください笑。

何度も鬼をやるのはかわいそうですしね。

僕も当時やられた時はかなりムカついてすべてを放棄して泣きながら帰りましたから……。

#16

# BB弾

## この本の読者

はほぼ知っているかと思いますが、「BB弾《ビービーだん》」とはエアーガンの玉のことです。直径6ミリほどの大きさで基本はプラスチック製です。

そしてこれは僕もいま調べて知ったのですが、ボール・バレット(Ball Bullet／球弾)の略らしいですよ。

エアーガンは大人気でしたし、子どもたちはそこら中で撃ち合いをして遊んでいました。BB戦士というBB弾の発射ギミックがついているガンプラもありましたね。

そんなわけでBB弾は道端や公園などそこら中に落ちていました。そして僕らはなぜかこれを拾い集める習性がありました笑。見つけると喜んでポケットに入れて持ち帰ったものです。単純にいろいろな色があってキレイでしたし、缶ペン(缶のペンケース)に入れてコレクションしたり、友達と交換こ(トレード)したりして楽しめました。公園で珍しい蛍光色なんか見つけようものならその日はラッキーデーでしたね。

そしてズボンのポケットに一日分の収穫(数十発分のBB弾)を入れたまますっかり忘れてしまい、母さんがそのまま洗濯。結果、洗濯機を破壊してしまい大目玉をくらったのは僕だけではない……ですよね？

# #17

# 洗濯バサミアート

## 僕の創作活動

の原点はもしかしたら洗濯バサミだったかもしれません。

子どもの頃は高価なブロックのおもちゃなどはなかなか買ってもらえませんでしたので、代わりに洗濯バサミでよく遊んでいました。

これを1個ずつ丁寧に挟んでつなげていけば、ブロックの代わりみたいに遊べたんですよね。

色もカラフルで数色ありましたし、大きさだってかなりの種類がありましたから、もしかしたらブロックよりも自由度は高かったとすら思えてきます。

母さんが洗濯物を取り込んだあと、カゴに満タンになった洗濯バサミを奪い取る。それを畳の上にひっくり返してからが僕の創作活動のスタートです。思うがまま10分ほど適当につないでいけば、ソレなりにかっこいい飛行機のようなものができあがるんですよね。

けれどこの洗濯バサミ作品、どんなに傑作でもわずか一日の命です。

翌日の母さんの洗濯までには壊さなければいけないのですからなんとも儚《はかな》い芸術作品なのです。

さらにこの洗濯バサミアート（我ながらいい表現かと！）、ひとつ難点があるとすれば、大作になればなるほどその重さや形状に無理がでてきて、限界を超えると大爆発してしまうことですね。

いきなり「バシャーン！」と勢いよく弾け飛ぶので注意が必要です。

せっかくの作品が一瞬にして木っ端みじんになるせつなさを味わいながらも、それはソレで面白くて大笑いしてましたけどね。

# #18

# チラシの裏

## ありがたいことに

僕は漫画を描いて生活しています。だからこそ絵を描く道具にはこだわりたいと思っていますし、そもそもその手のこだわりがとても強い性分です。従来の作業がすこしでも楽になって気分よく描けるのであれば、生活に支障がでるくらいかなり値が張る液晶タブレットでも迷わず購入します。

この「絵を描いている時はなるべく極限までストレスを減らしたい」というこだわりは幼少の頃に培われたものだと思っています。

当時、僕は『キン肉マン』にハマっていました。そのなかの企画で〝新しい超人〟の案を募集していました（当時はハガキでしたがいまはＷｅｂからでも応募できるようです！）。採用されるとなんと漫画のキャラクターとして登場できることもあり、僕もせっせと応募をしておりました。

まずは絵のクオリティをあげるため、チラシの裏にたくさん超人を描きまくって練習したものです。だからこそ練習用の〝裏が白いチラシ（裏に印刷のないもの）〟が大量に必要で、毎日、新聞の折り込みチラシをチェックしてはストックしていました。

このときです。僕のこだわりが爆発したのは。

チラシの裏にストレスなく絵を描くためには、紙質がザラザラタイプのものとツルツルタイプのものを分別しなくてはなりませんでした。

地元の八百屋さん系チラシに多いザラザラ系の紙は鉛筆がよく載ってとても気分良くスラスラーッと描けます。対してパチンコ屋さんなんかに多いツルツル系のチラシにはぜんぜん黒鉛が載らず、鉛筆ではうまく描けないのでイライラします。なので開き直って最初からマジックペンを使うのがベストでした。

このように落書きをできるだけ楽しむためにかなりこだわり考えていたのです。

さらにいえばチラシに描く絵はあくまで練習用。実は週に一度くらい超本気の絵を描く時がありました。

チラシの裏でさんざん練習しまくったウォーズマンやロビンマスクの成果を試すため、母さんから20円をもらい、商店街の文房具屋さんで画用紙を買ってたのです。

僕の中で画用紙は最高級の本番用。絶対に失敗は許されない紙でした。

失敗したくない緊張と力みで筆圧が劇的に上がり、かつ下敷きなしで畳の上でそのまま描くもんだから大切な画用紙にブスッと穴があいて泣いたのはいい思い出です。

#19

# 手の温度

## いまでも

体が強烈に覚えている感覚があります。

それは砂場で触れあった友達の手の温度。

友達と二人で大きな砂山を作ったときなど、僕らは必ず山を貫通させるトンネルもあわせて作っていました。

一人じゃ腕の長さが足りないから二人同時に両方向から掘るんです。

山が崩れないようにそーーっと慎重に、山の中心あたりでトンネルがつながるようにこまかく調節しながら……。

お互い砂でジャリジャリになった手をしっかり握り合えればトンネル開通でした。

いよいよ開通の瞬間。

砂の中で相手の手の気配を感じた時、モゾモゾッと冷たい砂に混ざって生き物のあたたかい温度を感じたんです。

あのときの手の感触と温度感が僕はとても好きだったんですよね。今でもそのときの感覚はなぜか鮮明に思い出せます。

まあその後は水を流して楽しんで最後は山ごとガシガシ踏み潰して壊すんですけど。

#20

# 自転車で行けるところまで

## 小学生の頃

よくやった冒険といえば「自転車で行けるところまで行ってみる！」ではないでしょうか？

僕もある暑い夏の日にふと思い立ち、友達と学区外へ旅立ったものです。

当時は（も？）子どもたちだけで学区外へ行くことは〝重罪〟で、学校にバレたら当然怒られるんですけど、それでもあの日の僕らは「冒険」という心躍る響きには勝てませんでしたね。自転車で颯爽《さっそう》と橋を渡り、隣町まで行っちゃいました。

大きな道路だと親の車で通ったことがあったりして、なんとなく見たことある景色なんです。それじゃあつまらないからとわざと小道に入っていくんですけど、そのときは迷うか迷わないかのギリギリのところを攻めるんですよ。

そうするとはじめて見る駄菓子屋さんなんかを発見したりして。それはきっと今後も遊びの途中でひと休みできるセーブポイントみたいな価値のある発見でもあり。そこで近所の駄菓子屋さんにはないお菓子やクジを買い漁《あさ》ったのは楽しかったなあ。

大人になってから車でそのセーブポイントだった所を通ったらぜんぜん近所で、笑っちゃいましたけどね。

# 第2章

# せいかつ

# #21

# カルピス

## 夏の暑い日、

僕たちは外で思いきり遊んでいたのでたくさん汗をかき、いつも喉はカラカラでした。

そんなある日、一緒に遊んでいたお金持ちの友人の家で休憩をとったときのこと。友人のお母さんにカルピスをだしてもらい僕は衝撃を受けました。

「え？ 何これ？ ほんとにカルピス？？？」

「めちゃくちゃ美味しい！！！」

驚く僕をみて友人はキョトンとしている。

僕の母さんが作るカルピスと今飲んだカルピスは明らかに違う！ 今まで母さんが作ってくれていたカルピス……あれは偽物……。

〝本当のカルピス〟はこんなにも甘くて美味しいのかと衝撃を受けたんです。

裕福な家のカルピスの味を知った夏。悔しかったし、なにより恥ずかしかった……。

ファミコンのソフトをなかなか買ってもらえないのは百歩譲っていい。お年玉がみんなより少ないのもなんとか我慢する。

けどカルピスはダメだ！ ぜったいに、ダメだ！

カルピスだけは世界平等でなくてはいけない！　そこの平等感だけはどうか残しておいてくれ……涙！

次の日、僕は母さんの目を盗んで自分でカルピスを作りました。

氷を5個ぐらいに原液をコップ半分まで入れる。それを少量の水で薄めて〝激甘高純度カルピス〟の完成です。

グイっと一気に飲みほしました。

うまい……たしかにうまいし甘い！！　けど……あまりにも甘すぎて喉がひりつく……！！！

適量を完全に無視して体にぶち込んだ罪悪感で、少し複雑な気持ちになったのを覚えています。

# #22

# スーパーカー自転車

**自転車**は当時の僕らのメイン移動手段で毎日乗っていました。

どこに遊びに行くにも基本みんな自転車。

だから公園で野球をすれば入り口には自転車がズラリと並ぶし、新しいファミコンソフトを買った家にはみんなが集まるから自転車で溢《あふ》れかえりました。

そして小学生の低学年から高学年に変わる頃、つまり4年生くらいのとき。僕らの中で自転車買い替えブームがやってくるのです。

ここがまさに自転車熱のピーク。

低学年から乗っている仮面ライダーの頭部が付いた自転車ではもはや恥ずかしいし、体も大きくなってくるからそもそもサイズが合わない。みんな親に新しい自転車の交渉を始める時期なのです。

当然、当時の僕らにもお目当ての自転車がありました。

それは「スーパーカー自転車」!

もう震えるほどかっこよかった。

自転車なのにスポーツカーみたいなヘッドライトが付いていて、股のところにはシ

フトレバーで操作する5段変速機までありました。さらに、値段がお高いのになると
スピードメーターまで付いていたような……。
心の底から未来の乗り物に見えたものです。
きっと今の子どもたちが見たら「ダセエ！」って言うのだろうけど、当時の僕らはスー
パーカーどころか、ガンダムかなんかを操縦しているような興奮を覚えていたんです
よね。

# #23 地声でインターホン

## あの頃の僕ら

はインターホンなど使いませんでした。

むしろあれはちゃんとしたお客様が使うもので、毎日のように遊びにくるガキンチョは使ってはいけないとさえ思っていたくらいです。

だから、勝手に玄関を開けて大声で呼ぶんですよ。

「○○く〜ん！　あ〜そ〜ぼ〜っ！」ってね。

このとき恥ずかしがって中途半端な大きさの声を出しても気づいてもらえません。

僕自身、気づいてもらえずにそのまま帰ったことが何回もありますし、それでも我慢強く待っていたら偶然玄関を通った友達のお母さんに「ぎゃあ！」と叫び声を上げるくらい驚かれたこともあります。さらに運が悪い時なんかはケンカの真っ最中で僕の声はもちろん届かず、しばらく罵《のの》り合いを聞かされることもありました。

いまから考えるとプライバシーもへったくれもないのですが、でもどうでしょう？大きな声で物おじせず挨拶できるようになったのはこのときの経験が役にたったのかもしれません。

だって半分ヤケクソで大声を出さないと友達と遊べなかったんですから。

# #24

# じゃんけんの時のアレ

## どこの地方でも、じゃんけんをする前に謎の儀式がありましたよね。

〝勝つ確率が上がる〟という例のアレです。

手を交差させて組み、これでもかというくらい捻《ひね》り上げ、太陽にかざしながら組んだ手の隙間を覗き込むあの儀式。

もちろん僕も得意げにやっていたのですが、いまだから正直に言います。

何が見えているのかさっぱりわかりませんでした！

ただカッコいいから真似してました……。

で、最近になってアレは何が見えていたのだろうかと気になり、X（旧Twitter）でフォロワーのみなさんに聞いてみたんですよ。

そしたら、約三分の一の方は僕と一緒で意味もわからずやっていたみたいですが、残りの方はなんと〝ちゃんと見えていた〟らしいのです。

はたして何が見えていたのか。地域によって多少の違いはありましたけどだいたいみなさん一緒でした。

その見えていたものとは――、

手を組んだ隙間から入る「光の数」や「形」らしいです！

光の数で判断する場合、光が1個ならグー、2個ならチョキ、3個ならパー。

形で判断する場合、光が丸ならグー、三角ならチョキ、四角ならパーなど。

あの小さな隙間から光や形を見て〝判断〟していたとは……。

40歳を過ぎて初めてアレをする意味がわかり衝撃を受けました。

理由があってやっていたのですね。

なんだかとてもうれしくなり、あの頃のように覗いてみたくて今、硬い体を必死で捻り上げています。

おっさん特有の呻《うめ》き声をあげながら……。

# #25

# プロ野球の帽子

**当時、**僕が小さい頃「野球帽」が流行ったんです。

いわゆるプロ野球チームの帽子ですね。

まだサッカーなんかはあんまり人気がなくてスポーツの王様がプロ野球一強の時代。

とにかく世のお父さんたちが毎日ナイター中継をみてるもんだから嫌でも野球が刷り込まれたんですよね。

で、子どもの僕らもファンのチームがあったほうが会話が盛り上がっていたんです。

「お前、巨人《ジャイアンツ》ファン？」「俺、阪神！」みたいな。

だからみんな自分の好きなチームの帽子をかぶっていました。

それが当時の男子の〝嗜《たしな》み〟みたいなところもあったように思います。

僕は大洋ホエールズ（現 横浜DeNAベイスターズ）の帽子を買ってもらったんですけど、ジャイアンツファンの父に「え～……大洋かよ」ってちょっと嫌がられたのを覚えています。

僕としても特別大洋ホエールズが好きだったわけではなく、実は単に僕の地域では誰もかぶっていなかったからあえて選んだところがありました。

ただ買ってもらったその日から「ファミスタ」(ファミリースタジアム)では必ず大洋ホエールズを使っていましたよ。

お気に入りの選手は球界イチの俊足だった屋鋪《やしき》選手と「スーパーマリオブラザーズ」のマリオにそっくりな助っ人外国人選手のポンセ。

この二人の知識と大洋の帽子があればジャイアンツファンとだって互角に渡り合えました。

# #26

# 好きな夢を見る方法

## 「夜眠っている間に好きな夢が見られる」

というまさに夢のような方法を知って試したことがありました。

学校で仕入れたその情報によると、好きな子もしくは好きなアイドルなどの写真を枕の下に入れて寝ると、その人との素敵な夢が見られるというものでした。

女子たちの間で好きな人と無理やりにでも過ごせる〝荒技〟として当時流行していたのです。

僕はこの方法を応用し、『ドラゴンボール』の10巻を枕の下に忍ばせ、天下一武道会に出場することに挑みました。

クリリンくらいとならいい勝負ができるかも……と。

何度か試みましたが、朝になるとその夢が見られたかどうか以前に枕の下に本を入れたことすら覚えておらず、後日、なんとなく枕に違和感を感じて「そういえば入れていたな」みたいな感じでした。

結局一度も成功しなかったように思います。

この方法で実際にいい夢を見られた人はいたのでしょうか？

#27

# 漫画雑誌

# 僕の少年時代、

『週刊少年ジャンプ』はたしか170円前後でした。

そして当時の漫画雑誌は本当に飛ぶように売れていたんです。

発売日の朝ともなると、駅前の商店にはジャンプが50冊、マガジンが30冊とか、山積みで置いてありましたね。

しかもそれが瞬く間にぜんぶ売れていたんですからいま考えると驚きです。

小学生だった僕らもたくさんの連載漫画を毎週追いかけていました。

まあ170円ですから僕らでも買えないことはなかったのですが、けっこうな割合で立ち読みもしていたように思います（ほんとすみませんでした……）。

あとは誰かが買った1冊を公園でみんなで並んでわいわい読むのも楽しかった。

その代わり本当に好きな作品のコミックスは各々買って集めていましたね。

両親はもとより当時の先生にももちろん大変お世話になりましたが、人生で大切なことのかなりの部分は漫画からも学んでいたように思います。

『ドラゴンボール』を読んで男としての強さを学び、憧れました。

ヒーターの前で手を極限まで温めて本気で「かめはめ波」を出そうとしていたのはい

い思い出です。なぜかすんなり出せる気がしたんですよね。

『聖闘士《セイント》星矢』からは諦めなければ絶対に負けないという心や、仲間との友情・絆《きずな》の大切さを学びました。

『ろくでなしBLUES』に影響を受け、たしかにすこしは不良の真似ごともしましたが、本当の意味のカッコいい男とダサい男のちがいがわかった気がしました。

もちろんすべての漫画のエッチなシーンもこっそりガン見してましたよ。いつか自分にもこんなシーンが訪れることを夢みてね。

漫画雑誌は当時の僕らの大切な部分を形づくりました。

きっと僕がいま描いている『しなのんちのいくる』にも、あの頃の漫画にあった〝昭和イズム〟がしっかり乗っかっているんだと思います。

# #28 冷蔵庫の謎

## 我が家にも

当時流行した「緑色の冷蔵庫」がありました。

下の扉が冷蔵、上の扉が冷凍の一般的なタイプの形だったと思います。

育ち盛りだった僕は腹が減ると何か食べられるものはないかとよく冷蔵庫を物色していたのですが、ある日、ひとつの疑問がわきました。

冷蔵庫を開けると食料品を鮮やかに照らしてくれるあのライト。

これはいったいどういう原理なのか？

扉を閉めてもついているのだろうか？

それとも開いている時だけ光っているのだろうか？

おそらく開いている時だけのような気もするが、だったらいつ消えるのか？

小学生の僕はとても気になったのです。

やがていてもたってもいられなくなり、冷蔵庫に頭を突っ込みながら閉めてみたり、閉まる超ギリギリまで隙間から覗き込むなど思いつくかぎりの手段を尽くし、その謎を解明しようと奮闘しました。

ちょうど姉ちゃんが麦茶を飲みにきたので冷蔵庫の謎を熱く説明しましたが、「そんなのいいから勉強しろ」と鼻で笑われました笑。

結局その時は謎のまま終わりました。

しかし数年後、高校生になった頃——。

いつものように冷蔵庫を物色していると、扉の内側の上部に謎のスイッチがあるのを発見！

扉を開けたままそのスイッチを押したらなんとライトが消えたのです。

僕は忘れていたあの頃の謎を思い出し、おもわず笑ってしまったことを覚えています。

# #29

# 夏休みのラジオ体操

## 僕が通っていた

小学校では、夏休みになるとラジオ体操に参加することが義務付けられていました。学校から配られたスタンプカードを首からぶら下げて出発です。

朝7時に近所の公園に集合するのですが、早起きするのがとても辛かった。眠い目をこすりながらゾンビのように子どもたちは集まりました。

当番のおじさんが持ってくるラジオから例の音楽が流れると、もう完全に動きが身体に沁み込みまくっているラジオ体操をみんな食い気味でこなします。

それでも皆勤賞にはなんらかの景品が出るということだったので、それをモチベーションにしてがんばりましたね。

まあ、結局ノートか鉛筆くらいしかもらえなくてガッカリしましたけど……。でもね。いま考えるとこのラジオ体操のおかげで朝一番に友達に会って遊ぶ約束ができていたんですよ。

朝ごはん食べたらカブトムシ捕《と》りに行って午後はファミコンしよう！みたいな。

その日の予定を朝一番に立てられたから、遊ぶ時間を効率よく作れていた気がします。当時は携帯もありませんでしたしね。

# #30 昭和のインテリア

# 昭和のご家庭

に高確率で飾られていたある物があります。

我が家の場合、客間にあった棚の上に鎮座していました。テレビの上に置いていたご家庭もあるかと。

そう、ご存知「鮭《さけ》をくわえた木彫りのクマ」です。

ほかにも「ガラスケースに入った市松人形」や、床の間にはなぜかよく謎の「刀」が飾られていましたね。

友達の家でもこのクマ、人形、刀の三種の神器はわりと見かけたように思います。

さらには旅行先で買った観光地の地名が入った提灯《ちょうちん》がたくさん飾られている家もありましたし、孔雀《くじゃく》の剥製が玄関にどどーんとある家などもありました。

これら昭和文化の象徴とも言える飾り物。おそらく当時の定番の頂き物かなんかだったりしたんだと思いますが、子どもの僕には何が良いのかさっぱりわかりませんでしたね。

「ガンプラ飾ったほうがかっこいいのに」って本気で思ってました。

しかし、そんな大人たちだけが好んで飾っていたであろう代物の中にも、ただひとつだけ気になるものがありました。

それは小判です。

なぜか立派な額に何枚も貼り付けられていた小判の飾り。あれだけにはとても興味がありました。

だって時代劇に登場する悪代官がいつも〝有効に〟使っていたから。

悪いことを依頼するときはいつも小判が出てきましたし、そのほかあらゆる商談ごとも小判ですんなり解決していました。

あれは昔のお金で、かつ一万円札なんかよりものすごい価値がある——と当時の僕は理解していました。だから大人になったらぜんぶ売っぱらって高いラジコンを買おうと本気で企《たくら》んでいたんです。

だからこそ、父さんからふとしたときにでた「あれはただのレプリカ（偽物）だ」という言葉の意味を知ったとき、心の底からがっかりしたのを覚えています。

僕のラジコンの夢を壊したレプリカ小判は、いまだに実家のいい場所に飾ってあります……。

# #31 餅まき

**近所に新しい家**を建てる時、災いを祓《はら》うためにまだ骨組み状態の家の屋根から餅を撒《ま》く儀式がありました。

ご存知、「餅まき」です。餅投げ、上棟式など、地方によってその呼び名は違うようですが、僕の地域では餅まきと呼んでいました。

この餅まき、餅だけでなくお菓子やお金もばらまかれるのが大きな魅力でした。子どもたちからしたら数週間分のおやつを一気にゲットできるかもしれないまたとないチャンスであり、うまくいけばお金だってもらえるという夢のようなイベントだったんです。

ただ、人生そんなに甘くないもので……。お菓子やお金がこれでもかと宙を舞うボーナスステージみたいなイベントですから、当然大勢の人が集まりますし、人間の本能剥《む》き出しの奪い合いになるんです。まさに無法地帯でしたね。

子どもが優遇されることなどいっさいなく、それどころかいつもは日向《ひなた》ぼっこしかしていないような近所のお爺《じい》さんが俊敏かつ華麗な反応で餅をキャッチしてきますし、近所のお母さんたちはエプロンをおっ広げて堂々と〝チート技〟をかましてきます。

餅まきに参加した僕らはそんな人が変わってしまったような大人たちとも闘っていました。

もみくちゃにされながら「やっと取れた！」と思えば知らないおばさんに横取りされ（もちろん悪気はない）、ならば「下に落ちてる餅！」と足元を狙いに行けば上しか見ていない大人たちにガンガンに踏みつけられる始末……。ふつうに擦りむいてよく流血したりしてましたね。

あっ、でも餅まきが終わると大人たちは一変、もとの優しい大人に戻るんですよ。なんならお菓子を分けてくれたりするんです。感謝しつつも「なら最初から取らせてくれよ！」って思ってましたね笑。

あれ、なんでなんでしょう？　大人たちはあのお祭りみたいな状況や、まるでスポーツ競技のように上から落ちてくるものを奪い合うことが楽しかったのでしょうか？

まあ良くも悪くも大人は簡単には出し抜けないと思い知らされる、「人生の厳しさ」を学べたイベントでした。

# #32

# 紐《ひも》でシャドーボクシング

## 昭和生まれの方

なら9割以上の方はやっていたのではないかと思うものがあります。

僕の場合はボクシングルールでした。

はいそうです。

電気の紐《ひも》を使ってのシャドーボクシングです！

今でこそ部屋の照明は壁のスイッチでつけるものですが、あの頃は直接紐で引っ張ってつける蛍光灯がスタンダード。

我が家の照明は小学生の僕でも届くように紐をさらに付けたして長めにしてありました。

その紐の先端についているプラスチック（ここをもって引っ張ると電気がつく）をパンチでうまく弾き続ける〝スポーツ〟が、「電気シャドーボクシング」なんです。

これは何も考えず日常的に体が勝手にやってしまっていたのですが、たまにうれしいことがあった時などは喜びを表現する方法としてとても有効でした。

その時はデンプシー・ロールのように激しくパンチを連打しまくることもありましたね。

ただこれ、調子に乗りすぎてミスすると腕に紐が絡まって切れたりするんですよね……。最悪、蛍光灯が壊れることもあったかと。

僕も何度かミスをして紐を切ったことがあるのですが、「電気つけようとしたらなんか切れた」などと親にウソをついたのは僕だけじゃなかったはず……ですよね？

# #33 ハンドパワー

## あの頃、

テレビの特番には夢がありました。

ＵＦＯ特集の番組で宇宙人が存在する可能性に震え上がって夜眠れなくなったり、川口探検隊が謎の巨大生物を追い求める姿に憧れて次の日に意気揚々とツチノコを探しに出かけたりしたものです。

なかでもとくに好きだったのが、超能力を扱った番組でした。

当時はMr.マリックの全盛期。テレビの向こうでスプーンを曲げまくっていました。

このスプーンってところがいいですよね。

どの家庭にもたいていスプーンくらいあるのだから子どもたちが真似しないわけがないのです。

マリックはそれを見透かしたかのように、テレビの画面越しにやさしく、丁寧に語りかけてきます。

「さあ、一緒にやってみましょう」――と。

僕の心はめちゃめちゃ躍りました。

もしかしたら自分は特別な才能をもった子どもであり、選ばれし超能力少年かもしれない――と。

もしもスプーンが曲がれば奇跡の子としてテレビに呼ばれるだろうし、そうなったらもう漢字の書き取りや割り算ができなくたって生きていけるとさえ思えてきて、手にしたスプーンにぐっと夢をのせました。

結果は……、1ミリも曲がりませんでした。

僕と同じく、きっと日本中の子どもたちがくやしさのあまり力ずくでスプーンを折り曲げ、親にこっぴどく叱られる結末だったはずです。

周りにも奇跡の子は一人もいなかったけれど、それでも僕らに一抹の夢を見せてくれたのが超能力(ハンドパワー)でした。

ありがとうMr.マリック!

#34

# チョコボール

## 買い物中、

お母さんのカゴにこっそり入れても怒られないお菓子の筆頭がチョコボール。僕のなかではそんなイメージです。

60円（当時）というやさしい価格帯、ちょうどいいサイズ感、お母さんも知っているという安心感――そのすべてが揃っていました。

もちろん味もおいしいのですが、僕の本当の狙いは「おもちゃのカンヅメ」。

ご存知の方も多いかと思いますが、チョコボールには稀《まれ》に出る当たりとして箱の〝くちばし〟部分にエンゼルマーク（森永製菓のシンボルマーク、天使がモチーフ）の印刷が施されています。

「銀のエンゼル」なら5枚、「金のエンゼル」ならなんと一撃（1枚）で〝おもちゃのカンヅメ〟がもらえるんですよね。

サバ缶や桃缶ではない！　なんか知らんが魅力的なおもちゃを缶に詰め込み、しかも中身のおもちゃはトップシークレットというではないですか！

子どもにとってハンパじゃないお楽しみ感満載ですよ。

しかしコレがかなり渋い当たり設定で（個人の感想です笑）銀すらなかなか出ない。金にいたっては当時の僕は見たことすらありませんでした。よってほぼ銀狙いになるのですが、何を隠そう僕は銀を3回ほど出したことがあります。

そう……まさに「おもちゃのカンヅメ」に届く勢い。

でも前に出した銀のエンゼルの切れっぱしをいつも無くしてしまっていました。

当たった時は大切に切り取ってどこかにしまうのですが、次に当たりが出た時には完全にどこかにいってしまっている。

僕のような雑な小学生にあの小さな〝切れっぱし〟を保管しておくのはかなりむずかしかった。

もちろん、結局「おもちゃのカンヅメ」はもらったことがありません。あのなかにはいったい何が入っていたんだろう。

# #35 カッコいい靴下

## 小学校の低学年

くらいまでは、服など身につけるものは基本的に母親が買ってきてくれたものをそのまま着ていました。読者のみなさんもたいていそうだったのではないでしょうか。

しかし、高学年に差し掛かると、そうもいきません。

小学生なりの「カッコいい」「ダサい」の価値観が芽生え、やがてそれが暴走するのです。

僕の地域ではナイキやアディダスなどのハイソックスが流行りました。

膝下くらいまでの長さの靴下で、サッカーやバスケットなどプロスポーツ選手が履きそうなタイプのものでした。

もちろんそれを履いたからといってサッカーやお昼休みのドッジボールがうまくなるわけではないのですが、やっぱりカッコよかった。

どうしても欲しかった僕は、母さんにアディダスやナイキの偉大さとそのソックスの形状を説明し、今度買い物へ行ったときに見かけたら買ってきて欲しいとお願いしたんです。

そして後日、母さんが買ってきてくれたハイソックスは見事なほどのパチモン……！　とても悲しい気持ちになりました。

母さんが偶然ワゴンセールで発見したというソレは、色や全体のデザインは本家と似ているものの、一番大事なメーカーのロゴなどどこにもなく、ソックス全体の長さもスネくらいまでしかない中途半端感のにじみでまくった代物でした。お得な3足セットだったそうです。

学校で流行っているだけに、下手にこんなもの履いてたら絶対にバカにされる！　それなら興味なしと開き直り、白いふつうの靴下を履いているほうがまだマシだ。僕はそう自分に言い聞かせました。

きっとその事件の後からだろうと思います。

自分の服を買ってもらう時は絶対について行くか、もしくはお金をもらって自分で買いに行くようになったのは……。

#36

# 靴に大量の砂

## 毎日激しく外で遊びまくっているとある日なんだか足が重たい気がして……。

ああ、コレが世に言う「疲労」というものなのかと思ったのですが、ぜんぜん違いました。

どうやら重いのは僕の足ではなく、靴。

そう、靴の中から出てきたんです……びっくりするくらい大量の砂が………。

砂場でアホみたいに何度も何度も相撲をしたり、『キャプテン翼』の反町《そりまち》くんみたく華麗なスライディングを繰り返していたので、靴の中に砂が溜《た》まりまくっていたんですね。

もうね。砂場と靴が四次元ポケットでそのままつながってるんか！　ってくらい、とんでもない砂の量がサァァァァァって出てくるんですよ。

その砂をしみじみ見ながら「なんか今日も一日本気で遊んだな」ってなぜか誇らしげな気持ちになったりもして……。

まあ、玄関でやると母さんにめちゃめちゃ叱られるんですけどね。

外でやれって。

# #37

# お祭り

# 夜のお祭りが大好きでした。

子どもが〝合法的〟に夜遊びしてもいい特別な日。

昭和のあの頃は町内規模で神社なんかに盆踊りのステージができて出店《でみせ》がたくさん並んだものです。

いつも遊んでいるはずの神社なのに独特の雰囲気を醸し出すあのオレンジの提灯と、スピーカーから流れてくる縦笛の不思議かつ陽気な音色で僕らの脳は覚醒。ちょっと漏らしそうなくらいテンションが上がっちゃうんですよね。

そのせいか偶然出会った浴衣姿のクラスの女子たちに無駄に話しかけてみたり、型抜き屋に溜まってなんだか不良ぶってみたり。お祭り価格で割り高のたこやきを子どもたちだけで買ってつまんだりするのが、少し大人になった気分でドキドキしました。

調子に乗ってかんしゃく玉をアスファルトに叩きつけて大きな音を出し、速攻で大人に怒られて泣かされたりもしました……。

まあ、結果的にあり金ぜんぶ出店に吸い上げられるんですけどね。それでも後悔ないくらい楽しくて、来年も行きたいと思える少しバグっちゃう昭和の夜でした。

# #38

# 夜のコンビニ

## 僕は新潟県

の景色が田んぼばかりの田舎町に住んでいました。

そんな田舎町にもはじめて夜遅くまで営業している（当時は24時間営業じゃなかった）コンビニができた時は、都会人の仲間入りを果たしたようでなんだかうれしかったのを覚えています。

テレビの画面でゲームができるようになった時みたいに時代が一気に進んだ感じがしたんですよね。

そのコンビニができたばかりの頃。どうしても夜のコンビニの雰囲気を味わいたくて、お風呂上がりに姉ちゃんと「アイスを買いに行くから」と母の許し（外出許可）をもらいました。

パジャマのまんま暗い町内を二人でいそいそ歩いて向かいます。

10分かかってようやく到着。

当たり前ですがコンビニは本当に夜も営業していて、店内はもう電気代が心配になるくらいビッカビカに明るくて、アイスはもちろんお菓子もジュースも漫画雑誌だって！　これからは夜に買える現実にすごく興奮しました。

姉ちゃんは夜のコンビニをなめていたようで、けっこう人がいたためパジャマで来たことを完全に後悔していました。

さっそくおおきな冷凍庫にちいさな頭を突っ込んでアイスを選ぶのですが、商品のラインナップは近所の駄菓子屋とさほど変わらないのになぜかどれも〝新発売〟に見えたから不思議です。

買ったその場でアイスの袋を開け、気持ちのいい夜風を浴びつつ帰り道を歩きながら食べました。それはそれは別格に美味しかったのを覚えています。

お祭りの日以外に夜の楽しみ方を知ったのはこの時がはじめてかもしれません。

# 第3章

# がっこう

# #39

# ランドセルじゃんけん

昭和生まれの僕ら

にとって下校時はすでに遊びの時間でした。

いつも何かしらの遊びをしながら帰るんですけど、よくやってたのが「ランドセルじゃんけん」。電柱ごとにじゃんけんをして、負けた奴が次の電柱まで全員分のランドセルを持つ。とてもシンプルなルールです。

2〜3人で遊ぶのがベストなんですが、5人以上になると負けたとき悲惨でしたよね。もうね、自分の体重以上のランドセルを運んでましたもん。

でね、これはこれで楽しいんですけど当時から一言物申したかったんですよ。

「各自、重さが違うんじゃボケェ！」

いいですか？　僕は家で勉強なんてしないのでランドセルの中身はほぼカラなんですよ（偉そうに言うことではないですが）。入っていたとしても給食袋か体操着くらい。ほぼランドセルのみの重さです。

それに対しマジメな奴は時間割り通りの教科書がぎっしり詰まってるんですよ。僕は宿題やらずに叱られるの覚悟でみんなの負担を減らしてるのに不公平じゃないか……！

とはいえそんな重いランドセルが混ざっていると盛り上がるのも事実ですけどね。

# #40

# 通学路の新規開拓

## 当時、新しい通学路を発見することに燃えていました。

いかに多くのルートを知っているかが僕らにとってはとても重要で、その日の気分で選べるくらいたくさんの下校パターンがありました。

早く帰ってファミコンしたい日は公園や空き地などを横切りショートカットのかぎりをつくして、最短コースで家に帰ります。

途中、遊んで帰りたい気分の日は用水路のあるコースを選びます。葉っぱを流してレースをすれば楽しみながら帰れますし、そのルートには駄菓子屋もありましたから。

ほかには花の蜜を吸えるポイント、木の実を食べられるポイントなども大事で、なんなら「水飲ませてください!」っていうと麦茶を出してくれる家も完璧に押さえていました。

これは仕事帰りのお父さんたちが美味い居酒屋やスナックをたくさん知っているのに似ていて、僕らも条件にあった通学路をどんどん開拓していき、その日の気分にあった楽しみ方で帰れるルートを柔軟に選択していたのです。

いや、選択というとおこがましいかもしれません。

なかにはとても通学路とはいえない人様の敷地や庭を無断で横切るとか、今では考えられない迷惑行為もしていました……。

それでも叱られることがなかったのは、昭和という時代の大らかさのおかげだったなとも思っております。

当時勝手にお庭を通学路にしていたお家の方々、ごめんなさい！

# #41 シールの闇取引

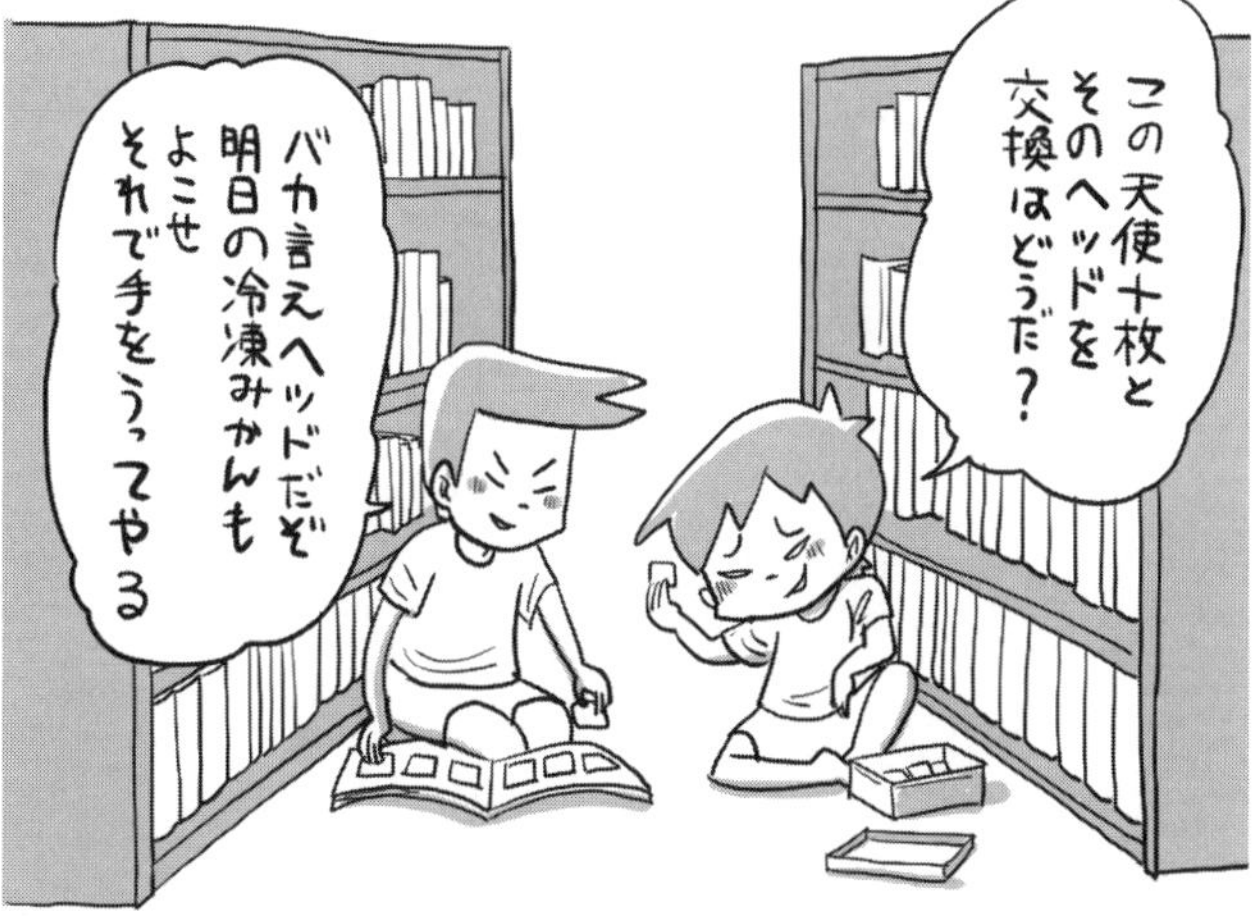
この天使十枚とそのヘッドを交換はどうだ？
バカ言えヘッドだぞ
明日の冷凍みかんもよこせ
それで手をうってやる

## 当時「ビックリマンチョコ」が大流行していました。

ウエハースのチョコにシールがついて30円でした。

その過熱ぶりは凄まじく、あまりの人気に買い占め防止対策として、各商店が「一人3個まで」のルールを設けるほどでした。

さらにはシールだけを抜いてお菓子を捨ててしまう人がいるなど、ちょっとした社会問題にもなったくらいです。

当然、僕も集めていたのですが、基本的にシールを貼ることはなく（貼ってた人います？）、あくまでコンプリートが目的。友人と交換こして遊ぶんです。

必死の思いで集めた自慢のシールコレクション。

僕らはこれを学校に持っていかずにはいられないんですよね。

もちろん勉強道具以外のものは基本持ち込み禁止なんですけど、みんなが集まる学校はトレード（闇取引といってもいいでしょう）の効率がよいこともあり、やっぱりこっそり持ち込んでいました。

その〝闇取引〟が行われるのは決まってお昼休み。

場所は図書室の一番奥の本棚の間。ちょうど死角になるところです。もちろん図書委員もグルでした。もし先生が来たらその図書委員がカーテンを開けるのが脱出の合図だったのです。

「ヘッド」と呼ばれる一番貴重なキラキラしたシールなども持ち込み合い、極秘の交換会を開催していました。

もちろんリスクはあります。

過去に何度も先生の摘発を受けていましたし、女子の通報により抜き打ちの持ち物検査で没収されることもありました。

いま考えれば、僕らはそのスリルもふくめ楽しんでいたのかもしれません。

見つかったらすべてを失うその状況でこそ、あのシールはより輝きを増し、その価値を上げていったようにさえ思います。

#42

# 女子の手紙まわし

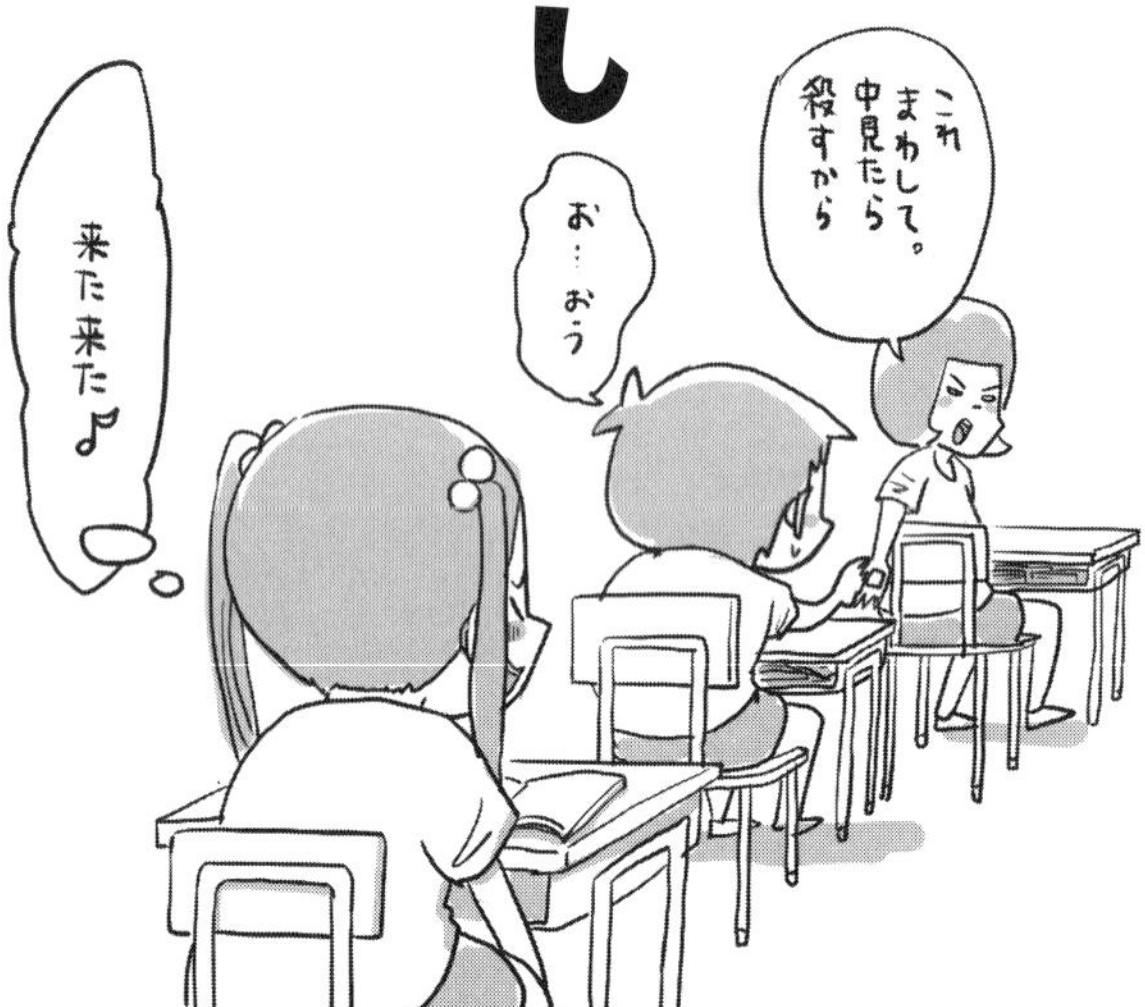
これ
まわして。
中見たら
殺すから
お…おう
来た来た♪

にビックリマンシールを持ち込み、図書室などで〝闇取引〟をして楽しんでいたように、女子も同じようなスリルのある遊びをしていました。

彼女たちは授業中に先生の目を盗み、手紙のやり取りを行っていたのです。

休み時間に話せば一発で終わるじゃないか——とも思うのですが、やはり授業中に小さく折り畳まれたあの〝秘密文書〟をこっそりと届けるのが楽しかったのだと思われます。

気持ちはわかる。心からわかる。

しかしどうでしょう。

ときには教室の端の席の女子から逆の端の席の女子へ、大胆にも我々男子も経由して手紙を回すのは考えものですよ。

気が気じゃないんですよね。

もしかしたらその女子の好きな子なんかが記されているかもしれぬこの紙切れ、そんな大事なもん回すのに俺を使うんじゃねえ！　と。

授業中ずっと気になって割り算も割り切れませんでしたよ。

僕はそのときのもやもやした気持ちをずっと覚えていたので、大人になってから友人の女性に聞いたことがあります。

いったいあのときの手紙には何が書かれていたのか、と――。

返ってきた答えはなんと、

「大したことは書かれていなかった」

でした。

本当に秘密のことならあんな危険な形で手紙を回さないそうで、授業中に回っていたのは「昨日のあのテレビおもしろかった」程度のどうでもいい情報だったそうです。

ああ……。

あのときの僕のドキドキを返して欲しいと心から思いました。

# #43 プロフィール帳

## クラス替え

のタイミングや卒業シーズンなんかに、女子たちがいっせいに〝あるシート〟を配りだしましたよね。

もらった人は問いが入った各項目に記入して返却しなくてはいけないやつ。

そう、プロフィール帳です(サイン帳ともいうらしい)。

名前、電話番号、住所はもちろん、好きな食べ物や色、映画、音楽にいたるまで。

質問の項目はさまざまありました。

あれは今でいうと個人情報漏洩《ろうえい》にあたりますでしょうか笑。

とにかくそれを思い出として大切に保管するという代物で、女子たちはとても楽しそうに集めていました。

しかしそれと同時に、僕ら男子の心をおおいに掻き乱していたのです……!

人気のある男子は何枚もシートを受け取って、休み時間のサッカー返上で書く作業に追われるなか、たったの1枚も依頼が来ない自分。

なんだかとても惨《みじ》めな気分になりました。

「何だあれ、あんなの書くの面倒臭いよな」などと強がった悪態をつくのが精一杯。

内心、「バレンタインデー以外でこうした仕打ちを受けるのはいやだ」と思っていたものです。

ただそんな中にもクラス全員分をコンプリートしないと気が済まないきっちり女子がいたりして、おまけ程度に記入をお願いされることもありました。

その時は僕という人間を全力で表現しましたよ。

好きな歌という項目には当時CMで流れていた「ファミコンウォーズの歌」と書きましたし、好きなコーディネイトという項目には「ゴールドクロス」と書きました。

仕上げにめちゃめちゃ気合の入った意味不明なイラストまで描いたりね。

受け取った子はどういう気持ちになったのかいまは知る由もありません……。

喜んでくれていたらいいのですが。

# #44 漢字の書き取り

## 今も昔も

僕は日本の小学生をとても尊敬しています。

だって、たかだか六年間の学習で約千字の漢字を覚えるのだから……。

僕にいたっては低学年の早い段階でそのすべてを見失いました。それもこれもオリジナルの学習法に原因があったとみています。

当時、新しい漢字の書き取りを宿題でよくだされたのですが、僕はコレが体調不良になるくらい大嫌いでした。

もともと漢字の読み書きはとくに苦手でしたし、こんなものを家でやらされるがためにファミコンの時間が減るのが耐えられませんでした。だから、やり方などどうでもいい！　なんとか楽にこなせないものか！　といつも考えていました。

その結果、僕が見つけた対策法があります。

それは漢字の部首を分けて一気に書きなぐるという生産方法でした。

「ぎょうにんべん」なら「ぎょうにんべん」だけ先に書いてしまうというやり方です。

ファミコンの時間をどうしても長く確保したかった僕は漢字を覚えるのを捨て、効率のみで漢字を組み上げる人間工場と化したのです。

この方法によってかなり生産性が上がり、ファミコンに費やす時間を増やすことができました。

遊ぶ時間は増やせたものの、こんな勉強とはいえない作業のようなやり方を続けた結果、いまの僕のような恥ずかしい大人ができあがることになります。

大人になった現在でも本当に漢字が書けないし読めません。効率だけでものごとを考えるのは本当に良くないと痛感しております。

そんな僕が漫画なんかを描いて生活しているのだから困ったものです。

わざとか！ってレベルの誤字連発の原稿を平気で作り上げてしまうのですから編集の方には申し訳がない。

――などとこのエピソードで言い訳にならないかと思っていましたが、無理ですよね……？

# #45

# 国語の朗読

で朗読をさせられたじゃないですか。

僕はあれが大の苦手でした。

そりゃあスラスラとつっかえることなく読めればそんなふうには思わないのでしょうが、僕はとにかく壊滅的に漢字が書けないし読めない子どもでした。

だから漢字がでてくるごとにフリーズしてみんなによく笑われてました。

とはいえ毎回笑われるのは嫌だったので、僕なりに朗読の対策をしてみたことはあるんです。

当時の国語の先生は句点（「。」）刻みで席順に読む人を回していっていたので、だいたい5人くらい前になると自分の読む箇所の見当をつけることができたんですね。

そこからは周りの友達に必死に聞くわけですよ。

「これなんて読むの？」

「これの漢字は？」

みたいに。周りの子は迷惑でしたでしょうね。申し訳ない！

そうして教科書の漢字にあらかじめ完璧にフリガナを振っておくんです。その間およそ5分程度でしょうか？　僕にとっては読む本番よりその5分間が勝負でした。多少読むのが下手でも漢字の読める男になりたかったんです。

でもね、先生は僕の前の席の奴に言うんですよ。

「ちょっと（読む量が）少なかったから、もう少し読もうか」って……。

そうなると当然、僕がフリガナを振った箇所は前の子が読んでしまいます。

もしかしたら先生は慌てて漢字の読み方を周りに聞いている僕を横目に、「無駄だ！お前の読むところはそこじゃない」って思っていたのかもしれません笑。

おかげで小賢《こざか》しい真似はしなくなりました。

「わかりません」って素直に言えるようになったのです。

ちなみに今でも漢字の読み書きが苦手で、漫画のセリフも誤字しまくりです……。

#46

# 帰りの会

## 僕の学校

では「帰りの会」というものがありました。

終礼の最後に日直の仕切りで行う、その日にあった出来事を子どもたちが報告し合う会でした。

とくに変わったことがなければ何も発言がでずに終了――なのですが、そんな日は滅多になく、毎日、「○○くんが学校のルールを守りませんでした」などと吊《つる》し上げられる日々でした。

しかも、ほぼ男子が女子に〝チクられる〟構図となっており、

「○○くんが廊下を走っていました」

「○○くんがシールを持ってきていました」

「○○くんが筆箱でクワガタを飼っています」

など、さんざん会の議題にされておりました。

ルールを守らなかった僕らがもちろん悪いのですが、そんなことでいちいち居残り反省会をしているほど僕らは暇ではなかった。一刻も早く帰って遊びたいのです。

だからいつしかチクられた（この言い方もよくありませんね）時はさっさと「みなさんごめん

なさい！」と言うのが男子たちの暗黙の了解となり、反省も何もない、形だけの謝罪をする無意味なものになってしまっていました。

先生もそのことに気がついたのでしょうか。いつの間にか「帰りの会」はなくなっていました。

みなさんその節はたいへん申し訳ありませんでした……。

# #47 給食係の悲劇

小学校

では定期的に給食係（給食当番）が回ってきました。これは今の子も基本的には一緒かなと思います。

でもね、当時僕が通っていた学校には給食運搬用のエレベーターなんてありませんでした。給食センターからコンテナで運ばれてきた給食が学年別にわかれて体育館に置かれる仕組みだったんです。

結果、各クラスの給食係が己の力で教室までのそこそこ長い距離を運んでいました。

これがまあ小学生にはかなりの重さなわけですよ。

とくに汁物は地獄の極みでした。

体の半分くらいあるようなでっかい食缶（学校給食などで料理を入れて運ぶための金属製の容器）にクラス30人分の汁物が入っているわけですからね。しかも高学年ともなると教室は3階とか4階など上の階にある……。

アレを持って階段で4階まで登るのは二人がかりでもかなりきつかったですね。

で、年に数回、途中で力尽きたのか油断したのか、階段や廊下で食缶ごとぶちまける子が出てくるんです。それはとても悲惨な光景でした。

ぶちまけられた味噌汁は広範囲に流れ広がり、廊下を一瞬にして通行不能にします。食缶の脇で呆然《ぼうぜん》と立ち尽くす当事者たち……。

すぐさまクラス総出で雑巾を持って片付けに向かいます。

この時点で当事者はほぼ半泣き。しかもさらにそのあと他のクラスに余りをちょっとずつ分けてもらいにいかなくてはなりません。

それでも足りない時は校内放送でも呼びかけてもらい、ほかの学年や職員室など、こぼした汁物を分けてもらうために学校中を走り回ることになります。

ようやく集まった頃には給食の時間はとうに終わっていて、そのクラスはお昼休みなしで食べることになるのですから、こぼした当事者はさらに半泣きでもう帰りたい気持ちになります。

僕も一度だけカレーを盛大にひっくり返しましたが、そのままどこか遠くへ逃げようかと本気で考えましたから……。まあふつうにそのまま教室に帰って食べましたけど。

# #48

# 飛び出すマーガリン

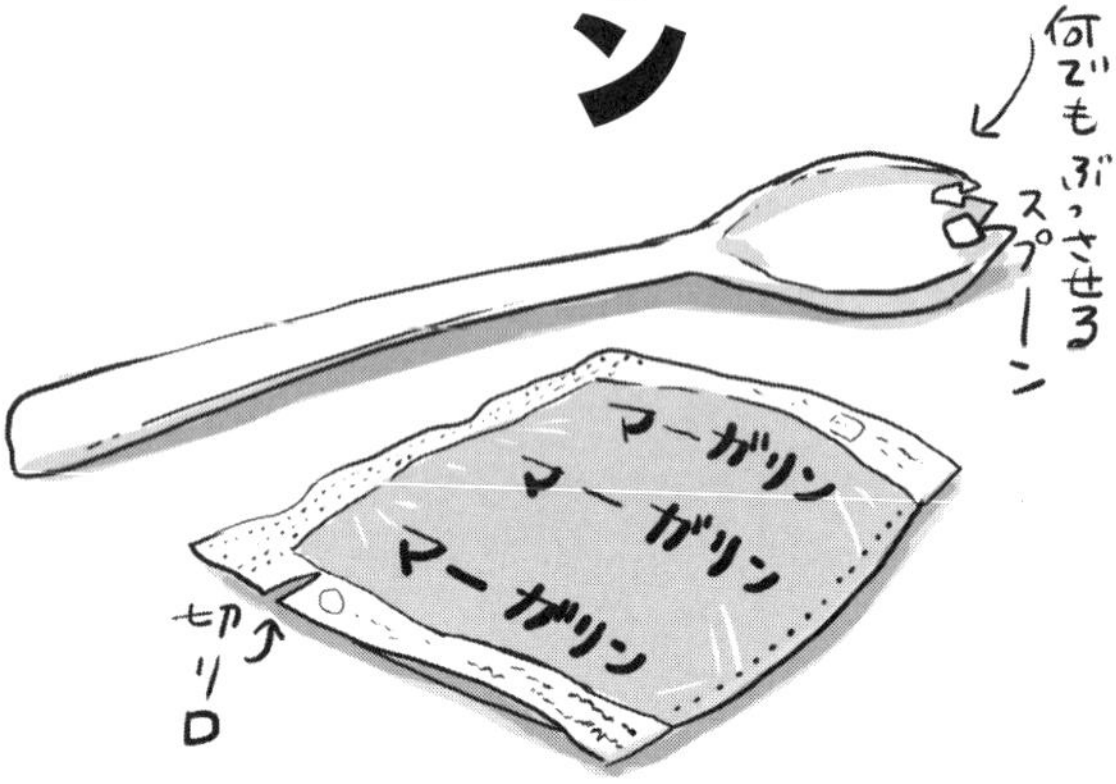

## 給食の苦い思い出をもうひとつ。

コッペパンについてくるマーガリン、ありましたよね。

当時僕の学校では、ジャムやマーガリンなどのパンのお供類は3センチくらいのビニールパックに小分けにされてでてきました。

全員に給食の配膳がいきわたり、「いただきます」をするまでの暇な時間。

手持ち無沙汰なのでそのマーガリンをビニールごとグニグニこねて柔らかくほぐしていたんですよ。

はい。とくに意味はありません。

何も考えずにただグニグニグニグニしていました。

で、あんまり激しくこねくり回すもんだからきっと切り口が開いちゃったんだと思います。ある日、マーガリンが空中を舞うように勢いよく飛びだしてしまいました。

そしてそのマーガリンはあろうことか前の席にいた女子の頭に悲劇の着弾……。

お母さんが使っていたお高めのトリートメントをこっそり使ったときみたいに彼女の髪の毛をテカテカにしてしまったのです。

当然、彼女は大きな叫び声をあげて泣いてしまいました。

すぐさま土下座級の謝罪をしましたが、その日の「帰りの会」で〝学級裁判〟にかけられ、クラスの女子全員から「わざとに決まってる！　ひどい奴だ」「頭にかけるなんて最低！」などの罵声を浴びせられる結果となりました。

神に誓ってわざとではないし、本当に申し訳なかったと今でも深く反省しています。今後もし同窓会なるものがあるのであれば、もう一度しっかり謝りたいと思っています……。ごめんなさい！

余談ですが、もうひとつ給食で忘れられないのがあのなんでもぶっさせるスプーンです。スプーンとフォークの役割を同時にはたす画期的なものでした。

「先割れスプーン」っていうみたいなんですけど、いまではあまり使われていないようです。

# #49 机の修復工事

## 工事、

といっても机の上の話です。

僕が通っていた小学校では低学年から高学年へ進級するたび、教室の場所が1階や2階から、3階とか4階などと上の階に変わっていきました。

それに合わせて机や椅子もおのずと少し背の高いものに変わる流れでした（まあ体も一緒に大きくなっていくのですから当たり前の話ではありますが）。

そのたびに歴代の先輩たちが使ってきた机を譲り受けるわけですが、このとき〝ハズレ〟を引いてしまうと大変でした……。

落書きが彫り込んであったり、大きな穴がぽっかり空いていたりするんですよね。なかには天板を完全に貫通した穴が空いていて、覗くと机の中身がうっすら見えるものまでありました。

運悪くというか案の定というか、僕の机にもパチンコ玉くらいの穴がぽっかり空いており、とても残念な気持ちになったのを覚えています。

周りにも同じようにハズレを引いた子は複数人いて同じように項垂《うなだ》れていました。

先生に文句を言う勇気もなかったのでしかたなく我慢して使っていたのですが、どうしても納得いかなかったので僕は自分でその穴を修復することにしたのです。

通学路でたまに見かける道路工事のおじさんのイメージで、セメントの代わりに消しゴムのカスをたくさん作り、穴に入れてギュギュッと詰めます。

次に鉛筆の逆側で叩きながら、それはそれはガッチガチに固めていきます。そして穴が消しカスで埋まったあともさらに万全を期すためにノリを流し込みました。仕上げにカッターで表面を整えて完成です。

穴はほぼ目立たなくなり、我ながら見事な修復工事だったように思います。

このすばらしい仕事ぶりを見た同じ境遇の仲間からは、ビックリマンシールと引き換えで工事依頼を受けるくらいでしたから。

でも今になって考えると、ノリじゃなくて木工用ボンドとかを使えばもっと完璧だったな～などと思い、なぜかいまニヤけています。

よほど修復工事が楽しかったんでしょうね。

#50

# 凍った水たまり

## 真冬の寒い日、

氷点下の朝。

暖かい布団から出たくないのが当たり前のはずですが、僕には早起きをする理由がありました。正確には早起きをして誰よりも早く登校する理由があったんですね。

まだ誰も歩いていない朝一番の通学路では水たまりがパッキパキに凍っているんです。

そう、その氷に飛び込んでいって片っ端から割るのを楽しみにしていたのです。

ガラスにも似た透明な氷をいくら割ろうが大人に叱られることはありませんし、割ったときのあの独特の感触やパシャーン！という音はとにかく最高に気持ちいい！

みんなが登校する時間帯ではこの感動は味わえません。先に発見した誰かが必ず割ってしまいますからね。残っていることなどまずありえないのです。子どもは水たまりの氷をみればぜったいに割る生き物なんです。

冬の寒い朝、僕は少しだけ早起きをして、破壊の限りをつくし学校に向かうのです。

#51

# 落ちたらサメ

## 子どもの頃

はいつも〝命懸け〟の世界観（ルール）で遊んでいました。

だって地面に落ちたらそこにはサメ、あるいはワニがいる設定でしたから。

落ちたら食べられて死んじゃうんですよ！

これは地面より少し高いところだけを歩いて家まで帰るときの遊びの設定でした。

必要ならよその家の塀にだってよじ登ります。だって下はサメですからね。

道の横断時など高い場所がなくてどうしても進めなくなる場合も出てきます。

すると負けず嫌いの僕たちはどんどんルールを追加していくんですよ。

地面に落ちている小石や葉っぱの上ならOKとか、ぴょんぴょん落ち葉を飛び移る忍者ばりの能力なども追加され、僕らはなんとか生き延びます。

最終的には「5秒以内なら、サメもワニも気がつかない」ルールに変更。地面を5秒間、思い切り走り抜けることができるようになります。

その5秒も「いぃーーーーち、にぃぃぃぃぃーーーーーーーい」と、目一杯引き延ばして数えたりしますから。

もうね、こうなってくるとふつうに走って帰ってるのと変わらないんですよね笑。

# 第4章

# かぞく

# #52 おもちゃ屋のチラシ

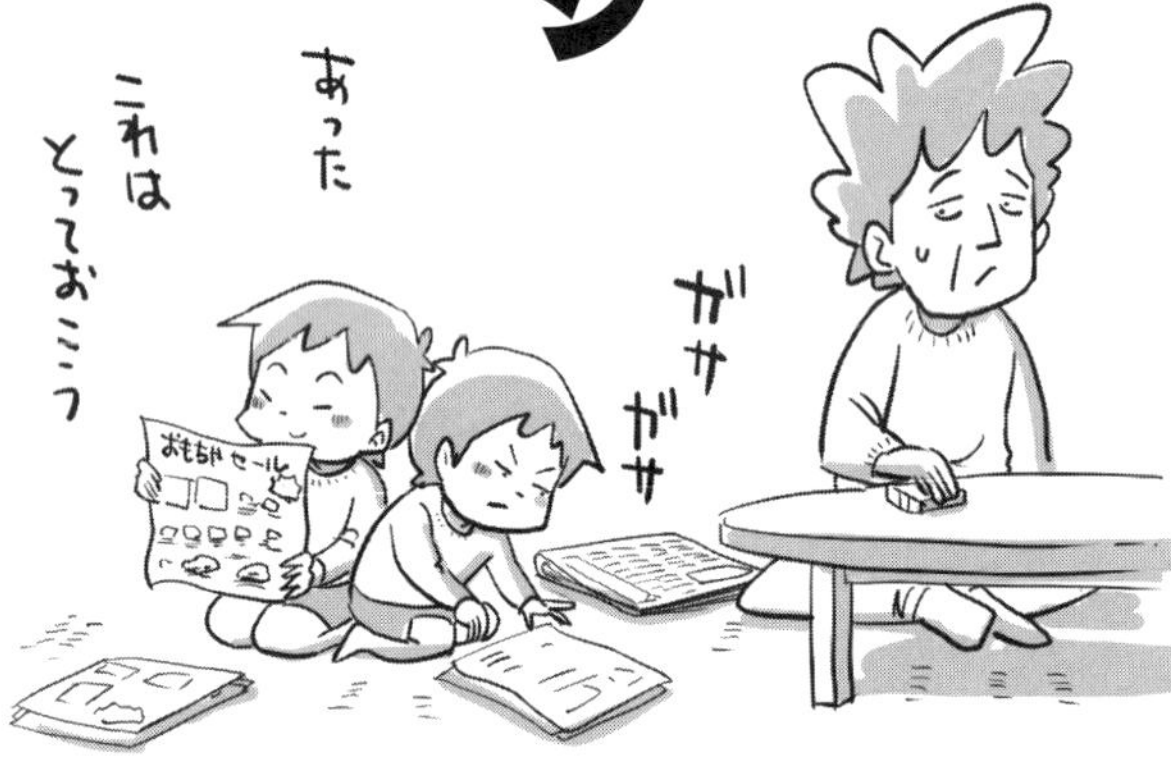
ガサ
ガサ
あった
これは とっておこう
おもちゃセール

## 僕が子どもの頃

毎年12月になると必ず始めることがありました。

当時もクリスマスが近くなると新聞の折り込みに子どもたち向けのおもちゃ屋さんのチラシが次々に入ってきていました。それをあらかた抜き取ってストックしておくんです。

なぜか。

もちろん事あるごとにおっ広げて親にアピールするためです。

これは「約半月もの長い時間をかけて僕はプレゼントを真剣に選んでいますよ」と親に間接的に伝えることが一番の目的でした。

マジックで赤丸をつけたり切り抜いてノートに貼ったり、いかに僕にとってクリスマスが重要なイベントであるか――とくに〝サンタ〟である父さんにプレッシャーをかけておくのです。

肝心の父さんは、そんな僕の様子を横目でチラリと確認はしているもののしばらくは何も言いません。

そしていよいよクリスマスの数日前になると「最近よくみてるチラシもってこい」と

お声がかかります。

実はしっかりと僕のアピールは伝わっていて、父さんは僕がつけたチェックだらけのチラシを確認します。

そして激しく赤マジックでチェックされているソレを指差し、

「お前の本命はこれか?」

まるで親子ふたりで競馬予想でもしているかのように欲しいものが伝えられるのでした。

# #53 柱に身長を刻む

## 幼少期、

父に身長を測ってもらうのが好きでした。

父は家の柱に躊躇《ちゅうちょ》なくマジックで印を入れてくれました。

僕と姉ちゃんが飽きもせず毎週測りたがるもんだから柱は印だらけでしたね。

で、いつもどっちが先に測ってもらうかでケンカになるんですよ。

しかも取っ組み合いの。

まあ、いつも僕が負けるんですけど……。

その場で泣き崩れている僕に父の放った言葉がいまでもとても印象に残っています。

「お前の身長がお姉ちゃんを抜く頃にはもうケンカなんかしてないよ」

その時はよく意味がわかりませんでした。

「俺はいつか姉ちゃんをぶっとばして泣かせてやる！」って思ってましたから。

でも父の言ったとおり、僕の身長が姉に追いついた中学生くらいにはケンカはしなくなりました。

これはお互いが成長して大人になったというのもあるかと思いますが、そもそも友達と遊ぶことが増えて姉ちゃんを怒らせること自体が減ったということなのかもしれません。

そんな二人の様子を親はどんなふうに見ていたんでしょうか？

うれしい？

さみしい？

正解はわかりませんけど柱の印は今でも残っています。

じっくり見てみるとやっぱりちょっとずつ姉に追いついていましたね。

#54

# クリスマスツリーの星

# 僕がまだ小学校低学年の頃。

我が家では12月になると毎年クリスマスツリーを出していました。

よくあるプラスチック製のツリーに色とりどりの飾りをぶら下げる簡易なものでしたが、その飾り付けが僕と姉ちゃんの楽しみでもありました。

しかしこの手の共同作業には各々の性格が色濃くでますよね……。

僕は思うがまま自由に飾りをぶら下げていくのに対し、姉ちゃんは眉間にシワをよせながら全体のバランスを考えつつ、丁寧にレイアウトするタイプ。

ここまで極端な性格の違いは同じ親から生まれてきたとはとても思えないほどでした。

当然、僕が適当に飾り付けた箇所で「姉ちゃんが気に入らない問題」が発生。

その都度ダメ出しを受けることになるのですが、

「枝の先端ばかりにつけるな!」

「同じ色の飾りは間隔を離してつけろ!!」

「電球の配線は見えないように隠せ!!!!!」

などの細かい指示を出され、あげく雪（に似せたワタ）だけ大量に手渡されて、

「お前などそれで十分だ」

とまで言い放つ始末。

僕はしぶしぶ雪をちぎっていましたが、ツリーのメインとなる〝あれ〟をこっそりキープすることにしました。

そう。

てっぺんに最後にブッ刺す、あの巨大なスター（星）です。

コレだけは譲れない。

1個しかないこの巨大スターに関しては配置もクソもないし、これさえつけられれば「雪のみの刑」の仕打ちも帳消しです。

しかし、姉ちゃんが細かい飾りに気を取られているうちに僕が星を取り付けようとすると、まさかの届かない事案が発生……。いくら背伸びをしても当時の僕の身長ではツリーのてっぺんには届きませんでした。

いま考えればツリー自体を傾ければとも思うのですが、当時はその発想ができなかっ

た。

結局、こそこそ作業しているのを姉ちゃんに見つかり取り上げられました。姉ちゃんも巨大スターの設置を狙っていたのです。

悔しくて泣きじゃくる僕を少しだけ不憫《ふびん》に思ったのか、姉ちゃんはそっと不気味なサンタ（モールサンタ／細い針金にフワフワの毛のようなものをつけて作られたサンタ）を手渡してくれました。

# #55 サンタの煙突

# サンタクロース

をまだ信じていたあの頃。

どうやら「あの外国のおじいさん」は煙突から入ってくるらしい——

そんなアツい情報を保育園で読んでもらった紙芝居から入手しました。

幼かった僕は我が家に煙突がないことをたいへん危惧《きぐ》したものです。

家の屋根をくまなく見回しても、あるのは風呂から伸びるバランス釜のめちゃめちゃほそい排気口だけ。

どう考えても無理だ……。

紙芝居でみたサンタはかなり太っていたし、サンタ自身はおろか僕のほしい「お菓子詰め合わせが入った〝長靴〟」すらあの排気口にはぜったいに入らない……。

このままではクリスマスに何ももらえないのではないかと心配になり父さんに尋ねたところ、

「サンタは小さくなれるから大丈夫だ」

とタバコをふかしながら言われたことを思い出します。

今から思えば、なぜ彼は「その場合は窓から入ってくるから大丈夫」とか「玄関を開けておくといいよ」などと気の利いたことを言わなかったのか。

実に雑な回答ですよね。

けれど「サンタは小さくなれるから大丈夫」と聞いた当時の僕は僕で、ドラえもんの「スモールライト」で小さくなるようなイメージで、小さいサンタがトナカイと協力しながらバランス釜の排気口から一生懸命入ってくるところを想像し、とても安心したのも事実です笑。

いま考えれば父さんのこうした雑な返答の数々のおかげで、僕の漫画家としての想像力が鍛えられていたのかもしれません……知らんけど。

# #56
# 黒電話に服

今でこそ「一人1台スマホ」なんて時代ですが、あの頃は一家に一台の黒電話を家族全員で使っていました。

たいてい玄関や居間など家の共有スペースに設置され、ジリリリリーン！　というけたたましすぎるベル音で着信を知らせてくる。受話器だけでもスマホより相当でかい。誰から電話がかかってきたのか、でるまでわからないし、着信履歴などももちろん残らない……。

好きな女の子の家に電話しようものなら、お願いだから父親だけはでないでくれと祈りながらドキドキしてダイヤルを回したものです。

そんな今の携帯電話とはくらべものにならないくらい超アナログな黒電話ですが、ぼくはスマホとのある共通点を発見したんですよ。

昭和のお母さんたちは黒電話に〝服を着せたがる〟傾向にありましたよね？

レース状のものであったり、謎の花柄であったり。黒電話をまるで服のようにスッポリ布で包んでいました。

これって、今でいう可愛いスマホケースやキラキラしたスマホのデコレーションに近いものなのではないでしょうか。

電話は昔から着せ替えが盛んだったのです。

布やレースを組み合わせたヒラヒラのそれをわざわざ自作し、あの黒光りするボディに着せていたのですから。

正直、そうすることでつるつるすべって使いにくくなる面もすくなからずあったのですが、そこはお母さんたちも、もと少女。口出しはするまいと思っていましたね……。

# #57

# 水滴のレース

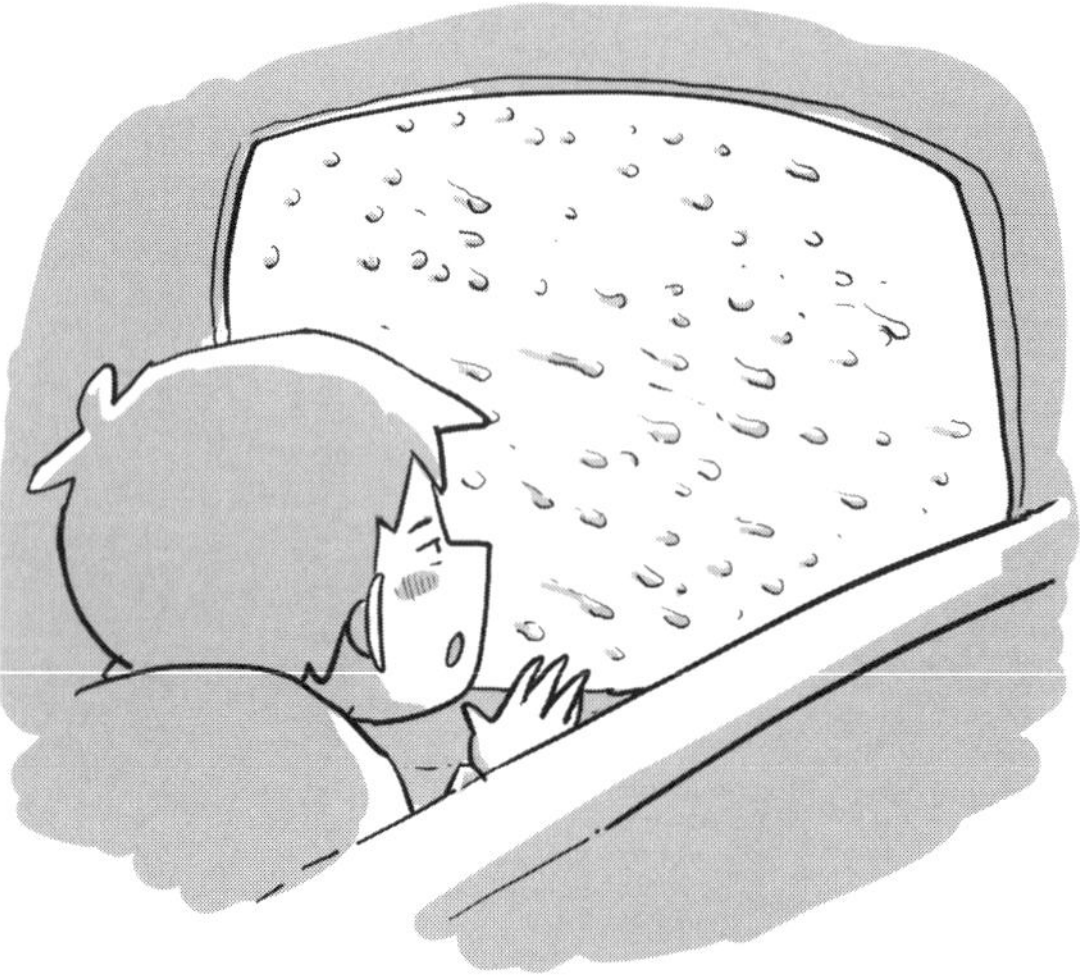

## 家族みんなで

車で出かける時は、目的地に着くまでずーっと外を眺めて遊んでいました。

ただ景色を眺めていても十分おもしろいんですけど、僕の場合はあるルールを作っていたんです。

赤い車を10台見つけるとか、黄色いナンバープレートを探すなど、すれ違う車を見てあれこれ楽しんでいました。

雨の日なんかは外がよく見えないのですが、それでも楽しめることはあります。

窓についた水滴から目が離せなかったんです。

車が走りだすと一気に後ろに流れだす「水滴のレース」が観戦できたから。

ふるふるとした小さい水滴の玉たちがくっついて、やがて大きい玉になり高速で流れ落ちる――。どの水滴がいちばんはやく窓枠までたどり着くか。

このアツいレースを無心で眺めているのが好きでした。

#58

# 冬の最強装備

**当時、**

●真冬でも半袖半ズボンの子がざらにいましたよね。

子どもは風の子と言いますが、僕自身も冬なのによく薄着で遊んでいたものです。

それでも寒さを感じる能力の高い大人たちは超薄着で出かけようとする僕を見ていられなかったのでしょう。

各々いろいろな〝装備品〟を貸してくれました。

父さんからは毛糸か毛玉かもはやどっちでできているのかわからんくらいボワボワの紳士用「ニット帽」。

母さんからはタンスに入れた防虫剤の香りが残りまくった婦人用「マフラー」。

姉ちゃんからはごりごりピンクの女の子用「手袋」。

ぜんぶ身につけるともはやめちゃくちゃすぎるコーディネイトですが、それでも家族が貸してくれたぬくぬくの優しさを身につけて出かけたあの日――どこまででも行ける気がしましたよ。

# #59 初めての賞状

## 僕が初めてもらった賞状

はマラソン大会のものでした。

当時、僕の学年は5クラスで計150人以上いました。冬頃に1・5キロを走るマラソン大会があり、その上位20位までの子が賞状をもらえたんです。

走るのは少しだけ得意だったので、スタート前によくやる、

「やってらんねー。俺本気出さねーから」

「ゆっくり行こうぜ〜」

などで周りを欺き、万全を期したうえでのっけから超絶本気で走りました。

当然、後で「卑怯者《ひきょうもの》!」「ウソつき!」「そこまでして勝ちたいか!」などと罵られましたが、それでも当時の僕はどうしても賞状が欲しかったんです。

結果、僕の順位はギリギリ賞状獲得圏内の20位でした。姑息《こそく》な手を使った甲斐がありました笑。

上位の人たちよりひとまわり小さい賞状でしたが、初めての賞状を家に持って帰《かえ》りました。

するとどうでしょう。

父さんも母さんも僕の予想していた以上にめちゃめちゃ喜んでくれるではありませんか！

賞状なんか持ち帰るのは初めてというのもありましたが、父さんがすぐに額縁を買いに行き、部屋のいちばん目立つ高い所に飾ってくれました。

この年になっても強烈に覚えているのは、マラソンで賞状をもらったことより、当時の僕にとってはきっと両親が喜んですぐに飾ってくれたことのほうがうれしかったからだと思います。

そのあと数日は欺いた友人たちに罵られ続けましたが、後悔はありません（ごめんよ！）。

僕の中では栄光の思い出です。

# #60 後部座席で寝たふり

家族で出かけたあと。

夜の帰り道。

僕は車の後部座席でよく寝ていたのですが、正確には寝たふりでした。

目を閉じながら感じていたんです。直線道路のバイパスから降りて父さんが運転する車が右に左に細かく曲がり始めると、そろそろ家に着く合図だと。

寝たふりの目的？

家に到着したとき車から布団まで抱っこで運んでもらうためでした。

〝疲れて眠ってしまったかわいい我が子〟を装い、名前を呼ばれても半笑いで無視を決め込むんです。

すると、親はまんまと車から布団まで運んでくれるんですよね。

あれは最高に気持ちよかったです。

この作戦、実行したのは僕だけではなかったはず――。

でもね、ここだけの話。

ほとんどの親は寝たふりに気づいていたようですよ。

以前、かるくアンケートをとってみたんです。

抱えられてしっかりとしがみつく、子どもの下手くそな狸寝入り《たぬき》など親はお見通しで、その上で運んであげていたそうです。

でもほんと、なんて「素敵なだまし合い」なんだといまでは思っています。

ぜひ後世に受け継いでいただきたい！

# おわりに

僕の思い出話に最後までお付き合いいただきありがとうございました。

ここに書いたのはあくまで僕個人の「あの頃」ですが、全部とはいかないまでも、読者のみなさんに共通の思い出があって懐かしんでいただけたり、あの頃の楽しかったことを思い出してすこしでも元気になっていただけたとしたらとてもうれしいです。


僕らの世代は「就職氷河期世代」「不遇の世代」「失われた世代」などと呼ばれ、他の世代から見ればなんだか苦労したんですね？　なんて言われそうな感じですが、僕としては少し納得がいきません。

たしかに不景気だったのは事実ですが、本書で書いてきたようにあらゆるものに没頭し、夢中で遊びまくった子ども時代があったからこそ、打たれ強くも笑いながらこれまで生きてこられたと僕は感じています。

だから言い換えるなら僕らの世代は「いつだって何かに夢中な世代」です。

ファミコンやラジコンを意地でも手に入れて、尋常じゃないくらい遊び倒し、ソフトを交換しあって友達をつくりましたし、その友達と6段変速の自転車にまたがり、あてもなくまた新しい友達を探しにどこまでも冒険に出かけていたんです。途中、ヤンキーにカツアゲされたことなんて一瞬でなかったことにしてましたから。

すべては夢中の力としかいいようがありません。

そしてこれも僕の話でしかありませんが、就職が決まらなくたって子どもの頃となんら変わりませんでしたよ。

とりあえずアルバイトに精を出し、お給料は迷わず数万円のビンテージジーンズに使っちゃうんですから。

「ただのアホじゃん」って言われればそれまでですが、いやいやただのアホじゃないんです。決して賢くはないけど、どんな状況でも今を楽しむことをやめないアホなんですよ（自画自賛）。

まあでも、僕ら世代の感覚は今の時代に合わないこともけっこうあって、徐々に変わっていくこともたしかですよね。そこは仕方のないことですし、そのほうがいいとも思っています。

けれどすべてを置き去りにはしたくない気持ちでいっぱいです。

きっと僕らが過ごした「あの頃」の中に、いまでも忘れてはいけない「おおらかさ」や「つながり」、「あたたかさ」みたいなものがあったと信じたいです。

そんな感覚を伝えたくて、僕は漫画を書いているのかもしれません。

これからも「あの頃」を舞台に楽しく漫画を描きたいと思っています。

今後ともどうぞよろしくお願いいたします！

仲曽良ハミ

# 昭和の僕らはバカでした

〝小学46年生〟に突き刺さる！「超ノスタルジックエッセイ」

著者 仲曽良ハミ

2024年6月25日 初版発行
2024年7月20日 2版発行

**仲曽良ハミ**（なかそら はみ）

漫画家。

1977年生まれ。

新潟県出身。

40代半ばにして会社員を辞め漫画家に転身。

サウナに入るのが好き。

2016年、SNSで漫画の発信を始める。

2019年、会社員を辞めフリーの漫画家になる。

2021年、ライブドア公式ブロガーとして「しなのんちのいくる」を描き始める。

2022年、KADOKAWAより「しなのんちのいくる」を書籍化。

2024年、「アニメ化してほしいマンガランキング2024」1位獲得（AnimeJapan）。

本書が初の新書となる。

発行者 髙橋明男
発行所 株式会社ワニブックス
〒150-8482
東京都渋谷区恵比寿4-4-9えびす大黒ビル
ワニブックスHP http://www.wani.co.jp/
（お問い合わせはメールで受け付けております。HPより「お問い合わせ」へお進みください）
※内容によりましてはお答えできない場合がございます

装丁 小口翔平＋畑中茜（tobufune）
本文デザイン 建山豊（アンフォルメル）
フォーマット 橋田浩志（アティック）
協力 山田孝一（KADOKAWA）
校正 玄冬書林
編集 内田克弥（ワニブックス）

印刷所 TOPPANクロレ株式会社
DTP 建山豊（アンフォルメル）
製本所 ナショナル製本


ISBN 978-4-8470-6703-7
WANI BOOKOUT http://www.wanibookout.com/
WANI BOOKS NewsCrunch https://wanibooks-newscrunch.com/